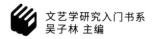

文艺学研究入门书系
吴子林 主编

OMPARATIVE
POETICS

比较诗学

杜心源◎著

浙江工商大学出版社 | 杭州
ZHEJIANG GONGSHANG UNIVERSITY PRESS

图书在版编目（CIP）数据

比较诗学 / 杜心源著. -- 杭州 ：浙江工商大学出版社，2025. 5. --（文艺学研究入门书系 / 吴子林主编）. -- ISBN 978-7-5178-6429-5

Ⅰ. Ⅰ052

中国国家版本馆 CIP 数据核字第 20259X4085 号

比较诗学

BIJIAO SHIXUE

杜心源 著

出 品 人	郑英龙
策　划	任晓燕　陈丽霞
责任编辑	姚　媛
责任校对	杨　戈
封面设计	朱嘉怡
责任印制	屈　皓
出版发行	浙江工商大学出版社
	（杭州市教工路 198 号　邮政编码 310012）
	（E-mail：zjgsupress@163.com）
	（网址：http://www.zjgsupress.com）
	电话：0571-88904980，88831806（传真）
排　版	杭州浙信文化传播有限公司
印　刷	杭州高腾印务有限公司
开　本	880 mm×1230 mm　1/32
印　张	8.625
字　数	158 千
版 印 次	2025 年 5 月第 1 版　2025 年 5 月第 1 次印刷
书　号	ISBN 978-7-5178-6429-5
定　价	45.00 元

总　序

主编这套书系的动机十分朴素。

文艺学在文学研究中一直居于领军地位，对于文学研究的各个领域有着重要的方法论意义。然而，真正了解文艺学研究现状及其态势者并不多。出于实用主义的考虑，大多数文学专业的本科生、研究生并未能较为深入地理解和把握"批评的武器"。为了满足广大文学爱好者、研究者的理论需求，我们组织编写了这套"文艺学研究入门书系"。

"文艺学研究入门书系"共10本，分别是《马克思主义文学理论》《文学基本理论》《中国古代文论》《西方文论》《比较诗学》《文艺美学》《艺术叙事学》《网络文学》《媒介文化》《文化研究》。这套书系的作者都是学界的中坚力量，他们在各自的领域深耕细作数十年，对其中的基本概念、范畴、命题，以及研究论题、研究路径、发展方向等都了如指掌，并有自己独到的见地。

"文艺学研究入门书系"旨在提供一个开放的思想／理论空间，每本书都在各章精心设计了"研讨专题"，还有相关的"拓展研读"，以备文学爱好者、研究者进一步阅读、探究之需，以期激活、提升其批判性的理论思维能力。

"文艺学研究入门书系"重视理论的指导性与实践性，在叙述上力求简明扼要、深入浅出，努力倡导一种学术性的理论对话，在阐释各种理论的过程中，凸显自己的"独得之秘"。

我希望"文艺学研究入门书系"的编写、出版对广大文学爱好者、研究者有所助益。让我们以昂扬奋发的姿态投身于这个沸腾的时代，用自己的双手和才智开创文艺学研究的美好未来。

是为序。

吴子林

2024 年 5 月 22 日于北京不厌居

目 录 //Contents

第一章

/Chapter 1/

世界文学

• • • • • • •

　　"世界文学"（World Literature）的议题内容纷繁，宏微互参。自 18 世纪起，围绕这一问题的讨论始终在地方性与普遍性、特殊性与一般性、文化民族主义与世界主义的犄角中艰难前进。而在全球化语境的影响下，这一概念焕发出全新的活力，一种关注多元性、跨界性、混杂性与不可译性的"新世界文学"理论正在建立之中。基于此，本章将先对"世界文学"的概念流变做简要梳理，接着聚焦"新世界文学"的变异性（机制）、动态生成性（阅读）与跨文化性（地方性与去殖民化问题），以期还原其在不同语境中遭遇的新变与挑战。

第一节

从"世界文学"到"新世界文学"

对"世界文学"下定义显然是一件困难的事情。最早的"世界文学"观念起源于 18 世纪，是以欧洲为中心的一系列关于各个民族的文学研究。歌德及其之后的追随者用"世界文学"这一明确的概念对各民族文学的集合体进行命名，该概念包含了各民族文学之间的异同。弗朗哥·莫莱蒂（Franco Moretti）曾在《进化论，世界体系，世界文学》一文中这样表述早期的"世界文学"概念：产生于 18 世纪左右的世界文学是"单独的马赛克，它由不同的'当地'文化编织而成，因其内在的多样性而不断生成新的形式"①。在"世界文学"这个各民族文学集合体内，通过不同的民族语言划分出不同的民族文学单位。依据约翰·戈特弗里德·赫尔德（Johann Gottfried Herder）的观念，由不同的民族语言所构成的不同的民族文学彼此之间是平等的。

---

① Franco Moretti, "Evolution, World-Systems, Weltliteratur", in Gunilla Lindberg-Wada, ed., *Studying Transcultural Literary History*, De Gruyter, 2006, p.120.

在《文学理论》中，勒内·韦勒克（René Wellek）对"世界文学"的定义是在"比较文学"（Littérature Comparée/Comparative Literature）、"总体文学"（General Literature）、"民族文学"（National Literature）的话语之场中展开的。如彼得·齐马（Peter V. Zima）指出，早期比较文学生成于由民族主义、社会达尔文主义和实证主义构成的意识形态参照系统之中。[①] 以《比较文学评论》刊物为中心的法国比较文学学派确立了以翻译及影响、作品传播与接受、作家形象与概念为核心的比较范式。影响研究的范式增进了我们对文学统一性（主要是西欧文学的高度统一性）的理解，同时，其对历史传播、翻译模仿等外部事物的关注也在一定程度上遮蔽了作品起源的复杂性并流于机械与破碎，逐渐倾向于将"'影响'局限于来源和影响、威望和声誉等一些外部问题上"[②]，最终与总的民族文学脱节。

因此，相较于将"比较文学"理解为对两种或更多种文学之间的关系的研究，将"比较文学"理解为对"世界文

①　彼得·V.齐马：《比较文学导论》，范劲、高晓倩译，安徽教育出版社 2009 年版，第 28 页。
②　勒内·韦勒克、奥斯汀·沃伦：《文学理论（新修订版）》，刘象愚等译，浙江人民出版社 2017 年版，第 36 页。

学"（或称"总体文学"），即对文学总体的研究[①]或许更为恰当。如韦勒克所说，"文学是一元的，犹如艺术和人性是一元的一样。只有运用这个概念来研究文学史才有前途"[②]。"无论全球文学史这个概念会碰到什么困难，重要的是把文学看作一个整体，并且不考虑各民族语言上的差别，去探索文学的发生和发展。"[③]

这种编纂全球文学史的雄心来源于"自成一体的民族文学"这一错误概念。浪漫主义的民族主义（大多在语言方面）和现代有组织体系的文学史的兴起之间有着非常紧密的联系[④]。然而，民族属性本身就是一种想象的政治共同体，确认同属于一种语言的文学是不同的民族文学并不容易。例如，是否存在一种独立的爱尔兰文学、芬兰文学或马来西亚文学？美国文学又是何时脱离了其殖民地的属性而成为独立

[①]　在此对"世界文学""总体文学"两个术语进行简单的厘清。"世界文学"一词译自歌德的"Weltliteratur"。在歌德的论述中，它包括了从新西兰到冰岛的世界五大洲的文学，指向了将民族文学统一为伟大综合体的理想。早期的"世界文学"更多被理解为"杰作"的总和，也即世界文豪的巨大宝库。"总体文学"原为诗学或者文学理论、原则术语，梵·第根（P. Van Tieghem）在《文学史上的综合：比较文学和总体文学》一文中试图将其作为与"比较文学"相对照的特殊概念："总体文学"研究超越民族界限的那些文学运动和文学风尚，关注整个文学或整个文学思潮；而"比较文学"则研究两种或两种以上文学之间的关系，将双边的比较作为对象。为行文之便，本书不对"世界文学"和"总体文学"的语义之差进行区分，统一以习称的"世界文学"指代。

[②]　勒内·韦勒克、奥斯汀·沃伦：《文学理论（新修订版）》，刘象愚等译，浙江人民出版社2017年版，第38页。

[③]　勒内·韦勒克、奥斯汀·沃伦：《文学理论（新修订版）》，刘象愚等译，浙江人民出版社2017年版，第37页。

[④]　勒内·韦勒克、奥斯汀·沃伦：《文学理论（新修订版）》，刘象愚等译，浙江人民出版社2017年版，第39页。

的民族文学的？作家和文本自身的民族属性往往是模糊、混杂及具有悖论性的。这种从实证主义和经验主义出发的比较文学论述亦很容易被学者自身的民族情感所引导，而流于对自身民族的赞颂和对其他民族文学的矮化。

同时，文学命题、文类、修辞与观念的历史显然是国际性的。从新古典主义、浪漫主义到现实主义、象征主义、后现代主义，历史上所有伟大的文学与思想运动都超越了民族的界限，吸引各民族创作者参与。根出同源的欧洲各国文学是一个紧密的整体，以狭隘的地方性观点研究民族文学往往过分夸大了语言和地理障碍，而忽略了其与所处的文学系统的联系。尤其是在文学批评思想史的撰写中，以不同民族意识形态之异进行人为区分是站不住脚的。因此，相较于单纯以地理、国家、民族或语言区分为基础撰写文学史，按照整体语系或文化区分也许更能还原文学发展的内在属性。在语言方面，欧洲语言可分为日耳曼语族、拉丁语族和斯拉夫语族。19世纪初期文学史的创始人，如施莱格尔兄弟（A. W. Schlegel and F. Schlegel）、布特韦克（Friedrich Bouterwek）、西斯蒙第（Jean Charles Léonard de Sismondi）和哈勒姆（Henry Hallam）在某种程度上都构建了西方文学的整体性。

但是，这并不意味着将文学民族性与地方性全然剥除。在全球文学史的书写之中，恰恰是各民族文学的特殊属性及其对总体文学进程的独特贡献构成了全球文学史的核心与要义：各个民族文学是如何成为整体传统的一部分的？本民族文学是如何与其他民族的传统区分开的？民族文学是如何与全球文学互相关联、互相阐发的？解答这些问题需要我们在掌握多门语言的同时，分清文学作品诞生的客观事实与其内部所体现的传统与风尚，并且时刻警惕我们内心的民族感情。在这一点上，恩斯特·库尔提乌斯（Ernst Robert Curtius）的《欧洲文学与拉丁中世纪》（1948）、埃里希·奥尔巴赫（Erich Auerbach）的《模仿论：西方文学中现实的再现》（1946）都是冲破民族主义樊笼、对西方传统进行整体观照的杰出范例。

通过对法国学派中潜藏的民族主义的批判，韦勒克恢复了对文本美学自主性的确认。尽管其世界文学观也面临着忽略作品社会和语言环境的指摘，但其针对法国学派的批评以及倡导的美法学派之分在 20 世纪五六十年代还是被学界普遍接纳的。此后二十年，对韦勒克的世界文学观做出有效批判的代表人物是法国比较文学学者艾田伯（Réne Etiemble）及其后继者马利诺（Adrian Marino）。艾田伯同意韦勒克关于全球文学中的自治美学观点，进一步主张从历史和全球角度来理解文学。在《真正的总体文学论集》一书中，艾田伯试图复原歌德的理想，在寻求人类学常量的框架内将小说当作世界小说、将诗歌当作世界诗歌来定义和分析。艾田伯因其未提出一种科学有效的世界文学研究方法论而被指摘，其追随者马利诺在某种程度上弥补了这一缺憾。在《比较文学和文学理论》一书中，马利诺提出了一种基于解释学的世界文学，以期弥合传统诗学与比较诗学之间的鸿沟，在世界文学中还原人类的常量与非常量。总的来说，艾田伯和马利诺利用统一的、宇宙主义的世界文学理想部分消除了法国比较文学讨论之中实证主义的狭隘性，力求实现把法国和美国的学派理论消化为具有超越性与统一性的世界文学的理想。但该理论始终未形成切实可靠的研究范式，方法论的缺失也使其陷入纯粹思辨化、抽象化的危险之中。至20世纪80年代，在奥地利比较文学学者彼得·齐马的《比较文学导论》中，便已少见"世界文学"或"总体文学"的提法。

20世纪末，在全球化语境的影响下，稳定的、本质主义的、由一套特定文本构成的世界文学模式瓦解了。新一代的学者采取各自新的角度与多元的方式，让"世界文学"焕发出了全新的活力，"新世界文学"（The New World Literature）的概念应运而生。具体而言，"新世界文学"的起点应定位在20世纪90年代，以卡迪尔（Djelal Kadir）主持编辑的《今日世界文学》开始发表不同国别与族裔的当代小说，将后殖民主义视角纳入世界文学之中为标志。对于"新世界文学"研究者而言，世界文学是"一个需要用新的批评方法加以解决的问题"①。此时,"新世界文学"发生了本体论意义上的改变:"新世界文学"是一个不断形成的关系网络,其要点在于彰显世界文学的动态生成性、跨文化性和变异性。同时,在"新世界文学"领域,语言与民族也不再具有普遍性与有效性。"新世界文学""拆解了旧的比较文学的局限与国别文学的自大"②,强调关注各民族文学之间的多元性、跨界性、混杂性与不可译性等问题。谢永平(Pheng Cheah)在《何为一个世界?——作为世界文学的后殖民文学》一书中点明了"新世界文学"在 20 世纪后形成的主要原因:"全球化进程的加剧促成了文学研究中作为比较文学学科子领域的世界文学的变革",在以资产阶级开拓的世界市场为基础所形成的全球化语境之下,"新世界文学"研究与文化差异及当代地缘政治复杂性相关。③

在理论建构的过程中,由帕斯卡尔·卡萨诺瓦(Pascale Casanova)、弗朗哥·莫莱蒂(Franco Moretti)和大卫·丹穆若什(David Damrosch)组成的"圣三位一体"学者群是三座不可忽略的大山:卡萨诺瓦的《文学世界共和国》论述

---

① 弗朗哥·莫莱蒂:《世界文学猜想/世界文学猜想(续篇)》,载大卫·达姆罗什、刘洪涛、尹星主编:《世界文学理论读本》,北京大学出版社 2013 年版,第 125 页。脚注中的人物译名以所引用的出版物为准,下同。

② David Damrosch, Gayatri Chakravorty Spivak, "Comparative Literature/ World Literature: A Discussion with Gayatri Chakravorty Spivak and David Damrosch", *Comparative Literature Studies*, 2011, Vol. 48, No. 4, p. 477.

③ Pheng Cheah, *What Is a World?: On Postcolonial Literature as World Literature*, Duke University Press, 2016, p.184.

了"文学世界共和国"中的"边缘与中心"问题，该论题于 2004 年此书的英译版出版后引起世界性讨论；大卫·丹穆若什在《什么是世界文学?》中提出的世界文学的三重定义，以及世界文学的椭圆形折射模式被后来的研究者广泛征引；莫莱蒂的《世界文学猜想》亦引发了"世界文学"的讨论热潮。同时，这三位学者的"新世界文学"观也遭遇着挑战。"圣三位一体"学者群身处资本全球化的社会背景中，其理论由于受限于欧洲中心主义的思维模式而缺乏对"世界文学"概念中所包含的政治意识的发掘。正如阿米尔·穆夫提（Aamir Mufti）在《东方主义与世界文学机制》一文中所指出的："当前世界文学概念的复兴似乎缺少非常重要的东西：东方主义的问题。"[①] 因此，穆夫提等学者试图激活爱德华·萨义德（Edward Said）的东方主义遗产，以此来挖掘"世界文学"概念中被压抑的因素，还原在工业革命的殖民扩张阶段所形成的世界文化和社会结构，以及现代世界社会关系等级背后隐含的权力机制。

---

① 　阿米尔·穆夫提：《东方主义与世界文学机制》，载大卫·达姆罗什、刘洪涛、尹星主编：《世界文学理论读本》，北京大学出版社 2013 年版，第 171 页。

第二节 •

作为机制的世界文学 •

在《艺术作品的本源》中，海德格尔（Martin Heidegger）宣称作品存在就是一个世界。同我们所处的世界一样，文学世界并非物的单纯聚合，也不是纯粹的表象想象框架。那么，世界文学以怎样的样貌存在？它是一个系统还是一个结构？各民族文学以何种样貌存在于世界文学之林中？我们如何被其挟卷又具体参与了它的构建？

自 20 世 纪 末 起，"文 学 世 界 的 建 构"（Literary Worldmaking）再次成为西方人文社科界的一个热门话题。新时代的"新世界文学"批评家也参与了这一讨论。如前文所叙，他们不再满足于线性的全球文学史书写，而是致力于还原世界文学不断生成、变异与多元流动的关系网络。

在"圣三位一体"学者群中，卡萨诺瓦或许是较早提出将文学作为世界来思考的。她从历史与社会学分析入手，将文学类比为民主政体的共和国，以重建文学、历史和世界的紧密联系，并且恢复文本的全球结构的连贯性。卡萨诺瓦将文学视作一个"半自治"的领域。她认为，文学和世界之间存在一个相对独立的媒介空间，即"世界的文学空间"。社会、民族、性别、种族等政治斗争都在此按照文学的形式被折射、稀释、变形或改造。由此，文学的世界既保留了其内部的审美自治性，有其内部的法则、历史与革命，也能够与更广泛的政治经济世界相联系。在世界文学的市场流通中，时间上的审美尺度构成了文学作品的价值。卡萨诺瓦强调，过去的文学空间／场域长期处于民族、国家、疆界、历史传统和资本积累过程的限制之中，被局限在一定框架之内。世界文学是一种"结构"而非"体系"：在"体系"内部，每种因素和观点都处于直接的相互关系中，其反对力量和运动多为外在体系。而在世界文学的"结构"之中，各个因素的联系是客观的，可以以各种直接或间接的方式运作。同时，在"结构"之中，无敌我之分，只有内外之分，因此，每一次斗争本身就是"结构"的扩展，参与了"结构"的重新构成。由此，世界文学得以在跨疆域、去民族化的层面运作。

由此，卡萨诺瓦构建了她的"文学世界共和国"。在这个国度内，每个人都在自己的民族空间中占据不同的位置：

> 这个共和国没有边界，没有限制，是没有了爱国主义的所有人的祖国，她是文学的王国，这一王国的建立与所有国家的共同法则都不一致，它是一个跨民族的地方，在这里唯一的命令式就是艺术与

文化的命令式，这是一个全球文人的共和国。[①]

此处"文学世界共和国"的中心为巴黎，后逐步扩展到全球，由各国家与民族的文学共同形成一个"首都—外省—边疆"的空间结构。之所以将巴黎选定为世界文学的中心，是由于其拥有的"政治自由使得艺术和艺术家得以自由创造并将其永远延续下去"[②]。换言之，巴黎的政治自由确保了纯粹的美学标准在文学艺术领域的主导地位，它信奉的"艺术国际主义"不断宣扬"普适性"，促使巴黎成为"世界思想库"。[③] 世界各地的文学艺术创作者、政治避难者、来自边缘地区的艺术家汇聚于巴黎，最终，将巴黎建成一个容纳世界各地文学艺术精神的共和国首都。

卡萨诺瓦认为，每一个作家都拥有两种定位方式，作家在占据其自身来自的那个民族文学空间的一席之地的同时，也不可避免地存在于世界文学空间之中。每一个参与世界文学的作者都为以巴黎为中心的世界文学空间的"建立"和统一做出了贡献，促进了文学空间的生成与运转。在这个过程中，有两个确定文学状况中心的标准：一是历年的诺贝尔

[①]　帕斯卡尔·卡萨诺瓦：《文学世界共和国》，罗国祥、陈新丽、赵妮译，北京大学出版社 2015 年版，第 27 页。
[②]　帕斯卡尔·卡萨诺瓦：《文学世界共和国》，罗国祥、陈新丽、赵妮译，北京大学出版社 2015 年版，第 21 页。
[③]　帕斯卡尔·卡萨诺瓦：《文学世界共和国》，罗国祥、陈新丽、赵妮译，北京大学出版社 2015 年版，第 28 页。

文学奖。作为一个全球性的文学经典事件，它在为文学的普遍性做出定义的同时，也证明了文学世界空间的在场。二是"文学的格林尼治子午线"，即明确的时间标准的出现。卡萨诺瓦认为，正如虚构的子午线使得地球表面的准确定位成为可能，与"审美现代性"标准的距离也标识了作家与作品的位置。部分来自边缘地区的作家可能会尝试废除其自身民族遗产在作品中的痕迹，以便进入另一个以巴黎为代表的世界文学中心的空间之中。换言之，为得到巴黎文学中心的承认，从而参与这场世界文学游戏，获得一定的文学资本，世界各地的文学创作者、翻译者需超越历史、超越民族与国界、超越政治，坚持美学范畴的纯粹普遍性。例如，乔伊斯（James Joyce）的《尤利西斯》在当时的英国并未收获很高的文学声誉，但它确立了小说现代性的衡量标准之一。乔伊斯"拒绝爱尔兰民族审美标准，尝试建立一种不受民族功能主义左右的爱尔兰文学"[1]，在肯定其民族文学的特殊性与重要性的同时，探寻了与世界文学整体连接的桥梁。

　　历史上资源的积累都是在国家疆域内完成的，因此，世界空间的假设也是通过一个统治结构发生作用的，物品和价值的不平等分配是它的建构性原则之一。卡萨诺瓦敏锐地意

---

① 帕斯卡尔·卡萨诺瓦：《文学世界共和国》，罗国祥、陈新丽、赵妮译，北京大学出版社 2015 年版，第 42 页。

识到了当前世界文学空间的等级制与不平等，但其提出的"文学世界共和国"以首都与边缘之间关系为核心的运行模式实际上被国家政治、经济模式同化了。"文学世界共和国"内部的区域划分看似由边缘地区与首都之间美学意义上的距离决定，实际上，"文学世界共和国"内依据美学标准所划分的首都与外省等不同区域并非表面看上去那样自由、平等，其背后隐匿着资本力量之下文学世界结构的现实。

综上，通过卡萨诺瓦所建构的"文学世界共和国"的结构可以看出卡萨诺瓦大致的文学等级标准："让文学空间能够逐渐实现自给自足"，确切而言，是让"文学脱离政治依赖性"，脱离民族之间的政治对抗，让"每个民族文学领域处于自主独立的状态之中"。[1] 讽刺的是，边缘地区的作家为进入巴黎这一世界文学的中心，需要通过抗争来脱离政治的支配，而他们的抗争行为最终指向的是服从美学这一所谓自由平等的唯一标准，指向的是艺术家意义上的自由的获得。

在《世界文学猜想》《世界文学猜想续篇》以及专著《文学史的曲线、地图、谱系》中，莫莱蒂提出了"树"与"波浪"两种理解世界文学的思维模型。以 18 世纪为分水岭，世界文学可分为两种，由"树"至"波浪"的嬗变隐喻

---

[1]　帕斯卡尔·卡萨诺瓦：《文学世界共和国》，罗国祥、陈新丽、赵妮译，北京大学出版社 2015 年版，第 38 页。

了从构建于民族文学之上的"世界文学"到"新世界文学"
的范式转型。莫莱蒂借用"树"的意象来表述 18 世纪以前
的世界文学从统一性到多样性的发展图景:"一棵树上的很
多分支"象征了民族文学内部的多样历史发展进程,"树状
发展所需的地理断裂性"解释了民族文学之间的独特性与多
样性。[①] 此处,莫莱蒂实际上是借用达尔文的进化法则来解
释文学的演变与发展。达尔文在生物学领域通过树形图勾勒
物种从共同的起源走向分化,进而走向多样性的全过程。莫
莱蒂基于此探寻文学进化的法则。他试图以树状图的方式勾
勒文学史的基本框架。受自然界物种多样性产生于分化的启
发,莫莱蒂认为,分化是产生新的文学形式的主要动力,因
此,在国际文学市场到来以前,民族文学内部随历史演变所
呈现的多样性也依靠分化形成。

可见,在莫莱蒂看来,18 世纪以前的世界文学是一个各
民族文学的多样性随历史演变逐步分化、形成的过程。与第
一种世界文学所强调的不同区域内民族文学的多样性特征相
反,莫莱蒂认为 18 世纪以后的世界文学是聚合性的。随着
殖民行为的扩张与资本市场的兴起,跨民族的、国际意义上
的文学市场逐渐强大,开始征服并统一先前相对独立的民族

---

① 弗朗哥·莫莱蒂:《世界文学猜想/世界文学猜想(续篇)》,载大卫·达姆
罗什、刘洪涛、尹星主编:《世界文学理论读本》,北京大学出版社 2013 年版,第
134 页。

文化，形成了国际资本主义体系中统一却不平等的世界文学体系。来自该体系中心的文学作品在文化霸权的主导下强行介入边缘地区，迅速占领半边缘和边缘地区的图书市场，中心地区的文化思想由此被阅读与崇拜，成为边缘地区文学创作的楷模。这种从中心到边缘的扩散为世界文学体系带来强行的统一，呈现不均衡和不平等的态势。总之，莫莱蒂从经济学意义上的"世界体系"概念中得到启发，在世界文学体系与世界市场、资本主义意识形态之间建立了联系，并用"波浪"这一意象类比该模式，指明该时期的世界文学在资本市场的作用下被吞噬了原有的多样性，呈现趋同的特征。[①]

在此，莫莱蒂将世界文学看作文化地理的一部分，认为整个世界文学空间充斥着权力关系，各种文学形式为夺取空间而不断斗争，形成中心、半边缘与边缘地带。具体到《远读》中，莫莱蒂以现代小说史为例，指出世界文学具有中心、半边缘与边缘之分，呈现从中心向边缘的"波浪"推进式扩展，整体表现为"一体且不平等"，"中心—半边缘—边缘"的完整空间链条，其中，边缘文化被中心文化所无视，只能被动接受其影响而无法保持原状。[②]因此，就小说这一体裁而言，它在英国、法国、西班牙等中心地区的发展

[①] 弗朗哥·莫莱蒂：《世界文学猜想／世界文学猜想（续篇）》，载大卫·达姆罗什·刘洪涛·尹星主编：《世界文学理论读本》，北京大学出版社 2013 年版，第135 页。
[②] Franco Moretti, *Distant Reading*, Verso, 2013, p.50.

是自主的，而在世界其他各地的兴起则是"妥协"式的①。换言之，边缘地区的小说是由"本土材料和外来形式相互影响、彼此改造而最终形成一种'本土形式'或'本土的叙事声音'"②。

丹穆若什最为人熟知的世界文学构想，应是其于《什么是世界文学?》一书中提出的世界文学的"椭圆折射"模型。丹穆若什认为，世界文学是一个公共空间，它具有物理世界椭圆形空间的"反射"特性，能把一个焦点的光源聚焦到另一个焦点上，从而形成双焦点：第一个焦点是文学的原语环境。所有的文学作品都是在我们今天所说的民族文学的范畴内诞生的，因此文学作品即使进入了世界文学的传播中，它们身上也依然承载着源于民族的标志，而这些标志将会不断扩散，作品的传播离发源地越远，它所发生的折射也就变得越尖锐。第二个焦点是文学的宿主文化（Host Culture）。当"文学作品通过被他国文化空间所接受而成为世界文学的一部分，这个空间既包括接受一方的民族传统，也包括本民族作家的当下需求"。因此宿主文化会以各种方式使用外来材料，或将其作为本土传统未来发展的一个积极模型，或将其作为一个粗糙且颓废的反面案例，或将其作为激进的他者形

---

① Franco Moretti, *Distant Reading*, Verso, 2013, p.50.
② Franco Moretti, *Distant Reading*, Verso, 2013, p.57.

象，并以此为参照来更精确地界定本土传统。[①]

丹穆若什将世界文学看作一个"变幻而层叠的地图的蒙太奇"。他强调的是，在跨越国家民族界限的世界文学空间内，存在着语言、文化、时间、空间等各种"介质"。因此，第一个焦点的光源（作品传播）在聚焦到第二个焦点时会出现折射现象，在这种动态的、双向的传播之中，作品将被区域语境所塑造，呈现出不同于原作本来的面目。例如，马切斯尔德·冯·马戈德伯格（Mechthild von Magdeburg）、丽格伯塔·门楚（Rigoberta Menchú）等非西方作家或西方的边缘作家的作品在进入跨文化进程后，总是容易被改动，以迎合编者、译者和阐释者自己的兴趣与主张。因此，两种文化在文学作品中的交汇是"一个双重折射过程，源文化和主体文化提供了两个焦点，生成了一个椭圆空间，二者之间紧密联系"[②]。来自迥然不同的文化与时代的文学作品在椭圆折射模型中并列与组合，构成了一个丹穆若什意义上的世界文学张力场域。即便是世界文学中的一部单一作品，也是两种不同文化进行协商交流的核心。因此，相较于世界文学的作品本身，其在流通过程中产生的变形、在不同语境下的发展、在新的语境下所呈现出的样子才是研究的重中之重。从

---

① 大卫·丹穆若什：《什么是世界文学？》，查明建、宋明炜、黄德先等译，北京大学出版社 2014 年版，第 311 页。
② 大卫·丹穆若什：《什么是世界文学？》，查明建、宋明炜、黄德先等译，北京大学出版社 2014 年版，第 311 页。

分裂走向统一才是文本通过流通进入周围的世界文学范畴的
本质之所在。

　　除"圣三位一体"学者群体外，斯洛伐克比较文学学者
迪奥尼兹·杜里什（Dionýz Ďurišin）、西班牙批评家克劳迪
奥·吉伦（Claudio Guillén）等提出的关于世界文学图景的构
想也值得注意。杜里什提出了世界文学的"文学间性过程理
论"（Theory of Interliterary Process），将世界文学视作文学
现象的结构化系统。对于杜里什来说，文学间性过程包括文
学关系的整合，其最终阶段是由世界文学所代表的。在《来
源与系统》一书中，他主张将民族文学与比较文学研究结合
起来，运用从微观（单个文学作品）到宏观（世界文学）的
系统论方法解释世界文学的历史性质。吉伦继承了歌德对
文学现象普遍性的重视，将文学理解为一个"伟大的十字
路口"，试图以"系统和结构化的倾向"照亮纷乱的世界文
学史，号召将世界文学视作一个由一系列系统与子系统组成
的综合体，并且挖掘修辞学、诗学中超越国家属性的秩序与
传统。

第三节 •
：
从文学选集到阅读模式 •

　　在《世界文学的语文学》中，奥尔巴赫不无乐观地写
到，尽管前路渺茫、困难重重，但"我们从根本上能够完成
世界文学的语文学的任务，因为我们掌握无限的、稳步增长
的知识，又由于我们从歌德时代的历史主义继承而来的历
史视角主义的意识"[①]。我们知道，任何理论若未形成切实
可靠的研究范式，便会陷入纯粹思辨化、抽象化的危险之
中。尤其是世界文学这般的宏观构想，若无行之有效的阐释
方法，极易沦为没有理论意义的空洞公式。奥尔巴赫试图以
语文学的综合作为我们理解世界文学的途径。为实现这一目
标，材料的学术渗透、直觉性的历史综合意识、兼具精确明
晰与辐射潜能的现象起点和有秩序的阐发缺一不可。

　　行至今日，寻求对世界文学材料深入理解、彻底掌握与
完整呈现的梦想越发显得是天方夜谭。在世界文学理论发

----

① 埃里希·奥尔巴赫：《世界文学的语文学》，载大卫·达姆罗什、刘洪涛、尹星主
编：《世界文学理论读本》，北京大学出版社 2013 年版，第 82 页。

展的早期，世界文学往往被理解为一系列经典文学作品的集合，也即世界文豪的巨大宝库。哈罗德·布鲁姆（Harold Bloom）的《西方正典》，以及《朗文世界文学作品选》都可以被看作这一理解的产物。而早在 20 世纪初，理查德·格林·莫尔顿（Richard Green Moulton）便提出，世界文学不是一种独立的存在，而是一种观察视角——"一个给定的观点，即观察者的民族立场"，决定了主题和分析的形态。因此，世界文学的研究应当以一种"透视法解释"运作，以还原"历史联系"和"内在文学价值"两种原则的互动。[①]

同样，新世界文学的研究者也不满足于将世界文学看作一个无边无际、让人无法把握的文学集合，或是由各国文化精英所创作的、数量极其有限的"经典"之群。丹穆若什、莫莱蒂等学者认为，世界文学同时也是一种特定的阅读模式，这种模式以"超然的参与"态度与文本进行一场不涉及身份的、坚持距离与差异原则的对话。[②]

在《世界文学猜想》中，莫莱蒂提出一种区别于文本细读的研究世界文学的新方式——"距离阅读"（Distant

---

① 莫尔顿认为，读者不应当关注作品的注释或细节解释，而应当一口气读完整本书。读者的视野是有限的，但每个观众都充当着"一个镜头，将整个作品的多重细节以自己的个人安排进行聚焦"。当读者的注意力转移到"对统一性的积极感知"时，他才进入了莫尔顿所说的世界文学领域。单个作品作为更大文化的单位的代表，使读者的比较阅读成为可能。见 Theo D'haen, David Damrosch, Djelal Kadir, *The Routledge Companion to World Literature*, Routledge, 2011, pp.32-41.

② 大卫·丹穆若什：《什么是世界文学?》，查明建、宋明炜、黄德先等译，北京大学出版社 2014 年版，第 328 页。

Reading）。莫莱蒂从历史学家、社会学家马克·布洛赫（Marc Bloch）"对一天的综合进行多年的分析"的口号中汲取了灵感，将世界文学研究看作一系列"分析"与"综合"的结果。莫莱蒂认为，"距离是一种知识状态"：自新批评至解构主义中的文本细读（Close Reading）都依赖一个极其狭窄的经典序列。而对于世界文学的理想来说，这个范围的文本细读显然远远不够。我们可以陷入文本的丰富海洋，对其细节进行擘肌分理的分析，试图通过遍布小径的分叉以求世界文学面貌的完整呈现；也可以抽身退步，尽可能选择距离我们最遥远、最不可理解、最陌生的文本，从整体上对世界文学进行观照，以引出无限的可能性。莫莱蒂认为，世界文学研究应该着眼于世纪文学的宏观分析图景。具体而言，一方面，世界文学研究要同时处理文学与社会问题，将文学作品的形式分析与相应的社会语境分析结合；另一方面，世界文学研究要将文学作品放置在动态历史之中，探索文学作品历时的发展与变化过程。因此，在新世界文学的时代，问题不在于我们如何阅读文本，而在于如何学习"怎样不去阅读它们"。在面对海量的世界文学难题时，首先要处理那些被文本细读所忽略的"未读"作品：

　　　　它让我们着眼于比文本更小或更大的单位：策略、主题、修辞抑或文类和体系。而且，如果在非

常小的单位和非常大的单位之间，文本本身消失
了，人们可以正当地说，少即多。如果想要从整体
上理解体系，我们必须接受一些东西会丧失的事
实。我们总是要为理论知识付出一些代价：现实是
无限丰富的，概念是抽象的、贫乏的。但正是由于
这种贫乏，才有可能掌握它，了解它。这也就是为
什么少事实上即为多。①

　　莫莱蒂对于小说文体在 1750—1950 年的全球性扩张的
研究，即运用"距离阅读"策略所取得的一个重要成果。莫
莱蒂认为，文类的潜在市场、其整体的形式化以及语言的使
用构成了文学运动发展矩阵的三个基础变量。市场巨大、规
则固定、风格简洁的文类（如侦探小说）往往以波浪式传
播，而市场相对狭小、对语言强度与独特性追求较高的文类
（如实验诗歌）则相对稳定。小说也许是最具易变性的文体
之一。莫莱蒂注意到，当西方小说构建的抽象形式与日本、
印度或阿拉伯国家的现实经验相遇时，它们并非总能互相适
应与结合。在文学体系的边缘文化区（基本也就等同所有非
欧洲文化地区），现代小说往往是西方与地方、形式与原料

---

① 弗朗哥·莫莱蒂：《世界文学猜想/世界文学猜想（续篇）》，载大卫·达姆
罗什、刘洪涛、尹星主编：《世界文学理论读本》，北京大学出版社 2013 年版，第
127 页。

互相折中的结果。形式折中往往是由大量的西欧翻译来准备的。通常情况下，这种折中都是不稳定的随机变异。只有在罕见的情况下，外国形式与本地原料达成了妥协与平衡，真正的形式革命才得以诞生。

在此，莫莱蒂以"形式妥协"作为分析的基本单位，通过阅读大量二手理论与材料，观察其在不同社会、民族和语言环境中的变化，以检验自己最初的猜测。莫莱蒂认为，这一方法"充分体现了民族历史编纂学的精髓"，它将历史实验和世界文学巧妙地结合在了一起，将每一次阅读都转变为"可能的真实与实际的真实之间的对话"[1]。最后，莫莱蒂得出结论，小说中的这种"形式妥协"是一种全球现象：在中国、日本、土耳其的小说中，这种妥协依旧是不稳定的，两种不可调和的认识论依然处于强烈的冲突之中；而在波兰、西非、西班牙等地，它标志着小说浪潮的起始和结束。世界文学在此表现为一个不断变化与斗争的体系：来自英法的压力试图令小说的形式成为一体，获得一种象征性的霸权。然而，各地的地方现实，以及各地对西方影响的接受程度都使得这种差异不可能完全消除。

总之，社会学、历史学与量化分析是莫莱蒂意义上的

---

① 弗朗哥·莫莱蒂：《世界文学猜想／世界文学猜想（续篇）》，载大卫·达姆罗什、刘洪涛、尹星主编：《世界文学理论读本》，北京大学出版社 2013 年版，第 130 页。

"距离阅读"的关键阐释工具。"距离阅读"试图冲破文本细读传统中预设的封闭环境与狭窄范围，以"远读"对于文本间性和文本网络的关注，取消"细读"中以语言为前提与起点的线性思维，从而建立起一种"整体性"的文学观，以更广阔的视角还原文学跨时间、跨空间的整体演化过程，分析世界文学内部的等级与分布情况。同时，莫莱蒂也积极推动将大数据、计算机科学引入世界文学研究。2010年，莫莱蒂于斯坦福大学成立了一个"文学实验室"，致力于利用"计算批评"（Computational Criticism）对文本进行建模与量化分析。[1]莫莱蒂的研究范式虽因其宏观性而受到部分学者的质疑，但也为世界文学研究突破传统的文学研究模式提供了一种新的可能。

同样，在编写《朗文世界文学作品选》的过程中，丹穆若什认识到，每个不同的社会、团体、个人都会制造其独特的文本聚合体，任何真正关于世界文学的全球视野，都使得这项任务无法完成。因此，世界文学不是一系列必须掌握的（这是不可能的）庞大的材料集体，而是一种阅读模式，一种"以超然的态度进入与我们自身时空不同的世界的形式"[2]。丹穆若什认为，阅读和研究世界文学，本质上就是

---

① 戴安德、姜文涛：《数字人文作为一种方法：西方研究现状及展望》，赵薇译，《山东社会科学》2016年第11期，第26页。
② 大卫·丹穆若什：《什么是世界文学?》，查明建、宋明炜、黄德先等译，北京大学出版社2014年版，第309页。

与文本进行一种不同的对话。世界文学的图景是空前开放、灵活而陌生的。在世界文学内部，存在两种层面的连接方式：在作家层面，作家会了解并回应另一个作家的作品；在读者层面，读者需要的是坚持距离和差异的原则。正如莫莱蒂的"距离阅读"所启示我们的，无论是通过少量作品来深入体验，还是通过大量作品来广泛探寻，都是可行的。最重要的是，我们需要将世界文学视作"一种（重新）连接的现实，多样化的连接，或者远距离的连接"[①]。文本自身既以群体又以个体的形式存在，变化多样的并列与组合构成了一个张力场域，世界文学作品就在此场域中互动。在数学中，只要三个点就可以定义一个平面。丹穆若什由此出发，认为凭借来自迥然不同文化和时代的三部作品，就可以为我们定义一个文学领域。如果我们平行阅读紫式部的《源氏物语》、普鲁斯特（Marcel Proust）的《追忆似水年华》和三岛由纪夫的《春雪》，就会发现三岛由纪夫的这部小说同时重写和颠覆了紫式部和普鲁斯特的作品。将世界文学理解为一种阅读模式，就意味着以一个更为超然的视角观察这些作品在流通、翻译、生产过程中的张力。

在《如何阅读世界文学》一书中，丹穆若什分别探讨了

---

① 大卫·丹穆若什：《什么是世界文学？》，查明建、宋明炜、黄德先等译，北京大学出版社 2014 年版，第 326 页。

跨时间、跨文化、跨语言阅读的问题，呼应了其在《什么是世界文学?》中探讨的世界文学的"流通""翻译"与"生产"的问题。首先是"流通"。世界文学包含了大量看似完全"不可流通"的作品。作为 21 世纪的读者，我们已很难与中世纪骑士文学的抒情主人公产生共鸣。一个汉语母语者该如何理解用阿卡德语写在泥板上的史诗故事? 我们又如何与那样遥远的世界观达成一致? 如何评估其在世界文学之中的位置与价值? 在此，丹穆若什探讨了作品离开本民族文化，进入世界文学的方式、途径与接受问题。以时间上最遥远的作品之一《吉尔伽美什》史诗为例，丹穆若什指出，如《吉尔伽美什》这般的作品既不是完全可读的，也不是完全不可读的，它必须在"延续和断裂"中展开：一方面，我们可从其优美的诗行中捕捉与庞德（Ezra Pound）、艾略特（T. S. Eliot）作品的互文，以现代的文学解读技巧挖掘其作品中的情节意义（即使史诗原意可能不是这样的），还原情节母题的延续与变化，使其具有流通的可能；另一方面，我们必须认识到其与我们所处文化的断裂性，否则便可能将其简化为一些我们已经熟知的文学作品的苍白版本。在这个过程中，作为"第二焦点"的宿主文化就是异质性的涌入口。文学作品在世界范围内的流通总是受到相应历史语境的影响。在《吉尔伽美什》进入世界文学的过程中，史密斯（George Smith）将其与《荷马史诗》《圣经》连接，以及后期译者根据 19 世纪欧洲民族自治的理想对其进行重构的努力都相当重要。基于没有一种共通的阅读方式能够适用于所有文学作品这一事实，相比于探寻某种可为所有文学作品共享的阅读模式，当代的世界文学研究者更需挖掘各民族文学作品在全球化背景下动态流通的过程。其次是"翻译"。丹穆若什认为，当一部作品进入世界文学的范畴中，"它就获得了一种新的生命，要想理解这个新生命，我们需要仔细考察作品在译文及新的文化语境中如何被重构"①。在著名的"世界诗歌"公案之中，汉学家宇文所安（Stephen Owen）批评北岛的现代诗是"旅行之中的世界诗歌"。宇文所安认为，北岛在用错误的语言写作，北岛的诗歌与中国的文化传统相分离了，是用西方的思维方式转换本土文学，用翻译腔迎合西方的创作，因此那根本不是中国诗，只是写成汉字的现代主义诗歌。隐伏其下的是"诗歌殖民主义"的运作：现代主义原本也只是地方的诗歌传统，却因为殖民主义而流传至殖民地成为范本。其所吸引的国际读者寻觅的也根本不是诗歌，而只是通向异国情调、政治斗争等其他文化现象的窗口。而丹穆若什认为，所有作品一经翻译，便不再是其原初文化的独特产物，它们都变成了仅仅"始自"其母语的作品。世界

---

① 大卫·丹穆若什：《什么是世界文学?》，查明建、宋明炜、黄德先等译，北京大学出版社 2014 年版，第 28 页。

文学中作品的生存力与其作者对世界的看法关联不大。"文学语言在翻译中既会获得也会失去",局限于本民族传统语境内的语言表述会在翻译中受损。在民族语境中阅读诗歌,要求我们对其相关文化背景有深刻的掌握。但在世界语境中,在翻译中受损的文学在"进入世界文学范畴后,风格的损失会被深度上的扩张所抵消"[①]。由此观之,北岛的诗歌就是中美文化经过新型复杂的协调之后的产物,并未游离于任何民族语境之外:一方面,革命也是中国诗歌的一大特色,北岛的诗歌还原了革命创作中强调人情人性的朴实和抒情性、口语化的倾向;另一方面,当时代氛围不利于此类实验性诗歌时,北岛他们仍然在阅读和翻译,并借助外国诗歌获得了更加大的表达空间。因此,问题的核心不在于其本民族文化的保留程度,而在于其被新文化语境和新语言重构的过程与呈现。对于我们来说,唯一可行的方式就是批判地阅读译作。如果世界文学研究者能挖掘文学翻译过程背后隐含的不同民族、国家、文化、权力之间的变化关系,那么世界文学就是一种能够从翻译中得益的写作。最后是"生产"。丹穆若什将全球化背景下的世界文学图景视为跨国团队操纵的结果。在面向国际市场创作的作品进入世界文学的过程中,文化资

---

① 大卫·丹穆若什:《什么是世界文学?》,查明建、宋明炜、黄德先等译,北京大学出版社 2014 年版,第 318 页。

本与市场资本的作用相当重要。举例而言，丽格伯塔·门楚的证言实录获得了全球性的声誉。法语版本的《我，丽格伯塔·门楚》在成书过程中，经历了由危地马拉本土语、门楚的西班牙语讲述，以及布尔格的法语记述写作等一系列变化，最后依赖于东方主义的出版策略成为该出版社至今最畅销的书之一。而该书的西班牙语版本从一开始就是面向全球市场的创作，受益于诺贝尔奖效应，文化资本与社会资本通力合作，西班牙语版本将这位危地马拉妇女塑造为世界知名人物，形成了合作与分工明确的跨国创作团队。当英语译本《跨越边境》出版时，为了面向英美市场，封面突显了作者的种族特征，译者不仅更改了章节结构，还加入了大量身份政治要素。在由资本引导的世界市场的阅读兴趣的影响之下，经历了这些过程的文学作品所承载的内容与思想会在不同的民族、国家与地区发生相应的变化，并产生不同的阅读效果。

由此我们可以看出，丹穆若什生成了"世界文学的现象学方法"。通过将世界文学定义为文学流通和阅读的方式，丹穆若什将凡在源语文化之外流通、影响力超出本土的文学作品都列入了世界文学的行列。他也不再讨论进入世界文学之列的作品的经典性、文学品质以及其中民族文学特质的存在与否等问题，而是致力于从流通、翻译和生产角度，具体考察世界文学的动态生成性、跨文化性和变异性。

第四节 •
全球化、本土焦虑与去殖民化 •

　　上述世界文学研究中的"圣三位一体"学者群皆结合资本全球化的社会背景，将世界文学视为不平等的世界体系在文学领域的延伸。然而，三位学者虽然意识到了全球化语境下各民族文学中的不平等流通，但没有明确指出世界文学体系背后的殖民因素。丹穆若什虽然能够将世界文学的观念起源追溯至东方文本在欧洲的流通与接受，但是没能深入挖掘殖民历史与文本流通之间的内在关联；莫莱蒂同样更加侧重世界文学观念起源的欧洲背景，没能意识到后殖民进程对于世界文学观念起源所施加的导向性影响；卡萨诺瓦虽然分析了边缘地区文学进入中心地区时对中心地区的文化霸权所发起的挑战，但将世界文学的观念起源与世界文学空间的形成归结于欧洲内部的民族主义运动及随之引发的文化变革，规避了欧洲殖民扩张这一历史现象，这种避重就轻的方式限制了卡萨诺瓦的理论视野，使其陷入巴黎中心主义的狭隘民族情感之中。

　　巴迪克·巴塔查里亚（Baidik Bhattacharya）曾言："世

界文学或比较文学的理论在很大程度上忽略了殖民主义的漫长历史，这不是偶然的疏忽，而是经过深思熟虑的举动，以确保世界文学明确的欧洲起源及其比较主义的基本前提。"[①]事实上，正是在欧洲殖民掠夺的作用下，殖民者与被殖民者开启了人类历史的全球化进程，也带来了东西方文化交流的盛况。在这样的背景下，马克思、恩格斯所描绘的世界市场最终得以建立，各民族之间也日趋呈现相互依赖的生存状态，这种经济领域的互通有无正对应文化交流的水乳交融，使民族的片面性和局限性日益成为不可能，于是由许多民族的和地方的文学所形成的复杂关系网络构成了世界文学的雏形。基于此，要理出世界文学模型形成背后的基本逻辑，需要借助爱德华·萨义德的东方主义理论，揭示世界文学的政治性，让文学文本的研究超越欧洲文学古典边界的限制，看到歌德及其后辈的"世界文学"概念中潜在的精英主义思想以及欧洲中心主义遗产。

在萨义德看来，文本不是一种"自我消耗的人工制品"，不是理性化、本质化的，而是具有它自己的因果关系、持续性、经久性和社会在场性。[②]简言之，文学的世界性处在物质、社会、政治与体制的社会文化语境中。萨义德用东方主

---

① Baidik Bhattacharya, "On Comparatism in the Colony: Archives, Methods, and the Project of *Weltliteratur*", *Critical Inquiry*, 2016, Vol. 42, No. 3, pp.677-678.
② 爱德华·萨义德:《世界·文本·批评家》，李自修译，生活·读书·新知三联书店 2009 年版，第 267 页。

义作为"现代西方帝国主义在全世界构建同一性的真理假说
的庞大的文化机制的代名词"①。他将东方主义视为揭示世
界文学关系网络背后复杂政治与经济权力的一种手段，关系
网络背后的权力是一种能够整合并重构世界文学的力量，能
够体现全球化时代隐性层面的知识结构的转变。具体而言，
萨义德提出了"世俗（Irdisch）批评"概念，这是一种非信
仰意义上的针对信仰的批判实践。"这种对于信仰的批判不
仅指向宗教，也指向世俗的信仰，指向那些走向固化、自我
封闭的思想"，萨义德将中心与边缘的等级制度的建立视为
"一种重建宗教的冲动"②。在萨义德那里，以"世俗批评"
为核心的文学批评一方面关注"在西方统治和压迫非西方世
界时，西方知识分子作为批评者和历史知识的生产者扮演了
什么样的角色"，另一方面阐释"在发达资本主义世界中，
鉴于西方世界对他者（妇女、黑人、巴勒斯坦人等）的建构
和虐待，以及持续生产异化的技术话语（由自由知识分子串
通）的行为，共同体的意义是什么"。③萨义德的回应是基于
历史的研究，对人类共同体、自由平等的未来进行反思，并

---

① Aamir Mufti, *Forget English!: Orientalisms and World Literatures*, Harvard University Press, 2016, p.174.
② Emily Apter, "Terrestrial Humanism: Edward W. Said and the Politics of World Literature", in Ali Behdad, Dominic Thomas, eds., *A Companion to Comparative Literature*, Wiley-Blackwell, 2011, p.441.
③ Emily Apter, "Terrestrial Humanism: Edward W. Said and the Politics of World Literature", in Ali Behdad, Dominic Thomas, eds., *A Companion to Comparative Literature*, Wiley-Blackwell, 2011, p.442.

指出文学艺术中潜藏的政治世俗性的意识。为此，萨义德在拒绝帝国主义话语的同时，尽可能干预以西方为中心的相关知识生成的内在条件，具体路径在《文化与帝国主义》中体现为"对位阅读"。这种方式通过对殖民地理学空间以及相关殖民历史的分析，得出整个 19 世纪的英语叙事都是帝国意识形态的共谋者这一结论。总之，萨义德意义上的 20 世纪的"新世界文学"暗示了"长期追随歌德的世界文学传统的比较文学或隐或显的缺点"：那些拥有突出特权的西方学者相信能以"独立的旁观者身份"探究"世界文学"。[1] 萨义德却通过剖析欧洲人与非欧洲人定义的历史变迁，揭示了身份的政治建构，以及这种建构与历史语境之间的关系，从而解构了 20 世纪形成的"世界文学"所奉行的西方文学标准。

阿米尔·穆夫提试图激活萨义德的东方主义遗产，以此来挑战"圣三位一体"意义上的"世界文学"理论。穆夫提在《东方主义与世界文学机制》一文中写道："当前世界文学概念的复兴似乎缺少非常重要的东西：东方主义的问题。爱德华·萨义德的《东方学》蜚声文坛，成为探讨全球范围内各种文化关系的基础性文本。最近又兴起了一场讨论，旨在把文学理解为全球普遍现实，但从这一讨论和对其宗旨的

---

[1] 爱德华·萨义德:《文化与帝国主义》，李琨译，生活·读书·新知三联书店 2003 年版，第 64 页。

热衷程度来看，《东方学》的核心概念以及相关文献资源似乎并未发挥重要作用。"① 与"圣三位一体"学者群不同，穆夫提专注于"世界文学"概念最初被打压的原因，即挖掘在工业革命的殖民扩张阶段所形成的世界文化和社会结构，以及现代世界社会关系等级背后隐含的权力机制，这也是它与东方主义保持一致的地方。穆夫提认为，"世界文学"起源于殖民权力结构，关于当代"世界文学"的讨论无法否认"世界文学的谱系导致东方主义……更具体地说，该谱系导致18世纪晚期和19世纪初的现代东方主义的古典阶段出现，那时大量的实践为世界文学概念的出现奠定了基础"②。因此，东方主义和"世界文学"是帝国主义文化图绘系统得以有效表达的方式，"世界文学"通过东方主义这个中介实现霸权。总之，在穆夫提的观念中，西方中心主义思想下的知识分子的世界文学观念看似是一种无国界的平等的全球文学概念，实际上背后隐藏着英语作为一种文学语言和具有国际影响力的文化体系具有持续主导地位，而萨义德对于这种东方主义文化逻辑的分析则选择将殖民历史中不平等的持续存在揭示出来。

---

① 阿米尔·穆夫提：《东方主义与世界文学机制》，载大卫·达姆罗什、刘洪涛、尹星主编：《世界文学理论读本》，北京大学出版社2013年版，第171页。
② Aamir Mufti, *Forget English!: Orientalisms and World Literatures*, Harvard University Press, 2016, pp.19-20.

研讨专题

1."新世界文学"较"旧世界文学""新"在何处？其在理论上的创新是什么？

2.怎样理解世界文学中的权力关系？

3.为什么说世界文学是一种阅读模式？这一理论的提出对"文集"式的世界文学理念起到了何种纠正作用？

4.卡萨诺瓦认为每一位作家除了占据民族文学空间，也存在于世界文学空间之中。如何评价这一说法？

拓展研读

1.大卫·达姆罗什：《如何阅读世界文学（第2版）》，陈广琛、秦烨译，北京大学出版社2022年版。

2.大卫·丹穆若什：《什么是世界文学?》，查明建、宋明炜、黄德先等译，北京大学出版社2014年版。

3.大卫·达姆罗什、刘洪涛、尹星主编：《世界文学理论读本》，北京大学出版社2013年版。

4.帕斯卡尔·卡萨诺瓦：《文学世界共和国》，罗国祥、陈新丽、赵妮译，北京大学出版社2015年版。

5.爱德华·萨义德：《世界·文本·批评家》，李自修译，生活·读书·新知三联书店2009年版。

6.加亚特里·查克拉沃蒂·斯皮瓦克：《一门学科之死》，张旭译，北京大学出版社2014年版。

第二章

/*Chapter 2*/

翻译和跨语际实践

在《旧约》里，语言本来是上帝赐给人类的礼物，当人类想制造通天的巨塔时，上帝就"变乱"了人类的语言，使之无法完成这一工程。因此这座城被命名为"巴别"（源自希伯来语 balal，即"混乱"之意）。这个关于语言分化的启示性故事似乎具有两个方面的寓意：首先，不管共同体之间如何沟通、交流，语言之中始终存在着不可解释、不可翻译的东西，只有当我们承认那些无法同化或克服的"不可译"之物时，翻译才会发生。其次，正如巴别塔故事所暗示的那样，要是将事物"本身"的意义视为"语言的和解与圆满的领域"——本雅明称其为"纯粹语言"——的话，那么每一种被"变乱"了的现实语言都无法达到这一"本身"，而只能通过它们全部意指方式的相互补充才能让我们窥见最终的堂奥。从这方面说，不妨说翻译行为带有对语言"未来"的期许，每一种语言不仅属于它自己，而且蕴涵了其他各种语言的可能性。这两个方面结合起来，就说明了翻译的意义不可能局限于简单地为文本的能指和所指提供另一语言的版本，相反，它让我们反思人类交流的可能性与不可能性及其最终的意义。

第一节 •
:
给翻译定义 •

　　首先，我们要问，翻译是什么？这个问题看起来似乎是不言自明的。翻译就是将一种语言的文本转换成另一种语言的文本的过程或结果。也就是说，翻译涉及源文本和目标文本的存在以及两种语言之间的传递。然而，这个定义是有问题的。我们要问，语言是什么？文本又是什么？这些词语并不像它们看上去那样确定无疑。

　　在西方，翻译在传统上被认为是一个具有特定领域的确定性过程。早在古罗马共和国时期，西塞罗（Marcus Tullius Cicero）在《论演说家》中的评论被公认为提供了西方最早的翻译规范。在他看来，翻译的语境和功能都是自明的：翻译涉及的是非同质的多种语言，如希腊语和拉丁语；文本类型是众所周知的（在这篇文章里指的是演说词）；源文本和目标文本的文化背景是被设定的（希腊城邦修辞和罗马的公共性语境）；翻译具有促进罗马公民的形成、让他们学习公共演说、增加拉丁语词汇等预先设定的目标。西塞罗的这些说法是流传至今的关于翻译的早期评论中最有影响力的。我们从中看到了一种让人不安的情况，翻译似乎被视为一个封闭的领域，其轮廓和边界很早就被完美地定义了，作为后来者，我们只能根据给定的结构和参数往里面填充细节。实际上，西塞罗代表了西方早期的翻译思想的共同特征，即这些思想由一系列关于翻译的陈述组成，这些陈述以积极的、宣言性的和确定性的术语来进行表达。

在《牛津英语词典》中，"翻译"一词有两个定义，其中第二个定义很符合我们对翻译的一般概念："将一种语言转换成另一种语言的行为或过程；也指这种转换的产物——在别的语言中的版本。"① 然而，在这个权威的词典中，对"翻译"的第一个定义是"转移；从一个人、一个地方或一个条件转移到另一个人、另一个地方或另一个条件"。也就是说，英语中的"翻译"作为一种语言间的转移形式，其前身是一个更古老的概念，即人与人之间、地点与地点之间物质的实际传递。这一更古老的含义，与英语中该词的拉丁词根"translatio"包含的"搬运"（Carrying Across）的意思有关。这并不是一个微不足道的观察，因为这一含义往往与欧洲中世纪后期宗教遗物的移动，以及《圣经》翻译相关的将宗教文本加工成俗语的特定实践联系在一起。也就是说，翻译所

① J. A. H. Murray, *The Compact Edition of the Oxford English Dictionary* (*2 Volume Set*), Vol. II, Oxford University Press, 1971, p.265.

涉及的文本语言转换概念并不是中性的，它包含西方历史、西方意识形态以及西方宗教的意义和实践。总之，欧洲的翻译观念和《圣经》翻译实践密不可分，也和语言、文化等级关系的信念密切相关。由于翻译是一种跨文化现象，而且是具有国际性的学科，如果将自己局限在基督教传播，以及与文本实践相关联的活动中，特别是局限在前者衍生出的西方翻译框架中，显然是不够的。从这一点来说，对"翻译"定义的考察本身，就是强调翻译应是一个开放性的领域，无法用某种预设的规范性立场对其进行完全肯定性的表述。

我们不妨看看中国语境中的翻译的情况。在现代中国，说到对译事最权威、最具影响力的表述，无疑是严复《天演论·译例言》的首句："译事三难：信、达、雅。""信""达""雅"这三个概念在中国翻译思想史上举足轻重，无可比拟，几近神圣。与此同时，这三个字不仅是工具性概念，更是中国道德伦理中的重要概念，其包含了立身之道、立言之本，具有丰厚的文化意涵。以"信"为例，要是将其译成英文的话，一般是"faithfulness"，但明眼人一望即知，"信"和"faithfulness"虽然类似，但绝不相等。"信"在中国文化中是个核心词，《论语》有云："子贡问政。子曰：'足食，足兵，民信之矣。'……曰：'去食。自古皆有死，民无信不立。'"[①] 该句中就有"信"的表述。汉语中的"信"与修身、治国等伦理和政治范畴相关，除"faithfulness"之外，至少还包含了"trustworthiness"及"sincerity"的意思。这个简单的例子，已能够说明文化交流涉及复杂的语义和语境转换，无法以统一、规范的标准统摄。

要是详细考察中国古代典籍中"翻译"的概念的话，情况将变得越发复杂。在《礼记·王制》中就有关于"译"的记载："五方之民，言语不通，嗜欲不同。达其志，通其欲，东方曰寄，南方曰象，西方曰狄鞮，北方曰译。"[②] 这意味着"译"有"寄""象""狄鞮"等多个相似的含义。以"象"为例，孔颖达说："象者，象似南方之言。"[③] 意思是南方的翻译活动称为"象"。由于"周之德先致南方也"，[④] 所以周代掌管译事活动的官员被称为"象胥"。可见这里的翻译与方位、德化的程度有关，这一历史语境的特殊性造就的对翻译的理解和今天对翻译的理解是有很大区别的。中国古代最大规模的译事是南北朝之后对佛经的汉译，因此对此的评论

---

① 《论语·颜渊第十二》，载《四部丛刊初编》经部第三卷，《论语》卷六，商务印书馆 1934 年版，第 52 页。
② 《礼记·王制第五》，载《四部丛刊初编》经部第二卷，《礼记》卷四，商务印书馆 1934 年版，第 41 页。
③ 《十三经注疏》整理委员会整理，李学勤主编：《十三经注疏·礼记正义（上、中、下）》，北京大学出版社 1999 年版，第 401 页。
④ 郑玄：《周礼注疏》，（台北）商务印书馆 1983 年版，第 620 页。

多在佛教典籍之中，如北宋僧人赞宁就说："译之言易也，谓以所有易所无也。譬诸枳橘焉，由易土而殖，橘化为枳。"① 值得注意的是，赞宁在这里解释"译之言易也"时，点出了"易"（译）的两个含义：一是交易（"所有易所无"），即交流、互通；二是变易（"易土而殖"），即转换、变化。而对变易的强调，也体现在对"翻"的释义上。赞宁说："懿乎东汉，始译《四十二章经》，复加之为翻也。翻也者，如翻锦绮，背面俱花，但其花有左右不同耳。由是翻译二名行焉。"② 也就是说，翻译其实相当于把织锦翻转过来，"背面俱花"，只不过发生了"左右不同"的改变。

钱锺书在《林纾的翻译》一文中提出，翻译包含了"译""诱""媒""讹""化"五个相互呼应、相互联系的过程。比如说，文学翻译最高的理想是"化"，但"化"既可以被理解为"汉化"，即引导外国作品符合我们的阅读习惯，也可被理解为"化境"，既能保留原作的风味，又能翻译得天然圆融，使其不像是翻译出来的东西。钱锺书说，比起哈葛德"滞重粗滥"的原文，他宁可读林纾"利落的文言"。当然，"化"的理想过于高远，某种程度的"讹"难以避免。不过"讹"也并不全是弊端，林纾的《滑稽外史》（译

① 赞宁：《宋高僧传》（上），中华书局1987年版，第3页。
② 赞宁：《宋高僧传》（上），中华书局1987年版，第3页。

自狄更斯小说《尼古拉斯·尼克尔贝》）中，年老色衰的时装店女领班那格嫉妒比她貌美的加德，自称十五年来"楼中咸谓我如名花之鲜妍"，又大呼："嗟夫天！十五年中未被人轻贱。竟有骚狐奔我前，辱我令我肝肠颤！"狄更斯原文中并没有如此戏剧化的场景，那格只是简单地感叹韶华易逝和表达伤心而已。但这一"讹"增加了原文没有的风趣性，在钱锺书看来，这一桥段让人想起中国戏曲中"带唱带做的小丑戏"。他说："从这个例子看来，林纾往往捐助自己的'谐谑'，为迭更司的幽默加油加酱。"①"诱"和"媒"指的是翻译起到的居间联络的作用，使文化和文化之间缔结文学因缘。但因为有"讹"的存在，"诱""媒"又产生了新的意义，"它挑动了有些人的好奇心，惹得他们对原作无限向往，仿佛让他们尝到一点儿味道，引起了胃口，可是没有解馋过瘾。他们总觉得读翻译像隔雾赏花，不比读原作那么情景真切"②。钱锺书将翻译过程的复杂性和多重性总结为"虚涵数意"。张佩瑶（Martha Cheung）认为，"虚涵数意"除了有英文中"多义性"（Polysemy）的意思外，还包含了汉语中"虚实相生"的思想：

---

① 钱锺书：《钱锺书散文》，浙江文艺出版社 1997 年版，第 278 页。
② 钱锺书：《钱锺书散文》，浙江文艺出版社 1997 年版，第 272 页。

作为一个概念，翻译真的有如钱先生所说的"意蕴丰富"，不同的论述有不同的定义，但那些定义是虚的而非实的。所谓"虚"，是指翻译涵盖的意义并非绝对的，而是可以用作理念上一些站得住脚的定义，随时可因应实际情况的需要以及翻译实践模式的改变，而被移位、取代和重置。又正因其虚，所以能够容纳新的定义。①

我们可以用一个例子佐证钱锺书的观点。在 17 世纪的法国，如果一首外国诗歌不忠于原作却读来别有风味，会被认为是极好的翻译，被称为"不忠的美人"（Les belles infidèles），但这种情况要是放在 20 世纪中叶的美国就根本不会被认可为翻译。在这个意义上，想给翻译一个"完成式"的定义是不可能的。翻译的魅力，恰恰在于其揭示了文化交流是在多个层面上同时发生的，而且是一个流动、变化的过程。一方面，最好将其置入具体的语境中进行理解，而非概念化地、抽象地定义它；另一方面，对翻译要有开放性的认识，而非将各种各样的翻译"事件"统摄到某种统一的翻译观之中。

---

① 张佩瑶：《传统与现代之间：中国译学研究新途径》，湖南人民出版社 2012 年版，第 100—101 页。

　　1959 年，罗曼·雅各布森（Roman Jakobson）发表的论文《翻译的语言学面相》是现代翻译思想的奠基性论述之一。在这篇论文中，雅各布森指出，翻译的核心问题是语言，但语言本身就是问题化的。在这一思想基础上，他提出了三种翻译类型。

　　（1）语内翻译。用同一语言的其他符号来解释语言符号。

　　（2）语际翻译。通过其他语言对语言符号进行解释。

　　（3）符际翻译。通过非语言符号系统的符号来解释语言符号。①

　　可以看到，雅各布森的翻译观念是非常开放的。在一般情况下，我们说的翻译仅仅指第二种"语际翻译"。而"语内翻译"提出了语言的不同符号——如口语和书面语，或者同一语言中的不同方言——之间的转换问题。"符际翻译"更是让我们意识到语言符号文本和其他符号文本（如影像文本或美术文本）之间也存在"翻译"。这样一来，"翻译"的语域和问题域就空前地扩大了。

---

① Roman Jakobson, "On Linguistic Aspects of Translation", in Reuben A. Brower, ed., *On Translation*, Harvard University Press,1959, p.233.

第二节 •
对等性和可译性 •

　　在传统的译论中，翻译似乎就是寻求文本在跨语际交际
中意义上的对等性，即严复所说的"译事三难"中的"信"。
然而在现代翻译思想中，这种追求对等性的做法受到了挑
战。1965 年，英国语言学家卡特福德（J. C. Catford）发表了
影响深远的著作《翻译的语言学理论》。在这部著作中，卡
特福德首次对翻译和转换做了区分。他认为翻译是"用另一
种语言（目标语言）中的等值文本材料（Equivalent Textual
Material）替换一种语言（原语言）中的文本材料"[①]，而转
换则是"一种操作，在这种操作中，目标语言文本，或者更
确切地说，目标语言文本的一部分，确实具有了在原语言
中设置的价值（Values）：换句话说，具有了原语言的意义
（Meanings）"[②]。这里的精妙之处在于，卡特福德认为翻译
只是"文本材料"的等值替换，而非以保存原文"意义"为

①　J. C. Catford, *A Linguistic Theory of Translation: An Essay in Applied Linguistics*,
Oxford University Press, 1965, p. 20.
②　J. C. Catford, *A Linguistic Theory of Translation: An Essay in Applied Linguistics*,
Oxford University Press, 1965, p. 43.

目的。也就是说，这种翻译观接受了不同语言和文化在对经验进行编码时产生的意义的不对等性和不确定性。

在卡特福德这里，"价值"和"意义"是相等的，而同样是语言学家的费尔迪南·德·索绪尔（Ferdinand de Saussure）则把二者分开。为了说明这一点，索绪尔将词语和货币做了对比：

> 例如，要确定一枚五法郎硬币的价值，我们必须知道：（1）能交换一定数量的不同的东西，例如面包；（2）能与同一币制的类似的价值，例如与一法郎的硬币，或者另一币制的货币（美元等等）相比。同样，一个词可以跟某种不同的东西即观念交换；也可以跟某种同性质的东西即另一个词相比。因此，我们只看到词能跟某个概念"交换"，即看到它具有某种意义，还不能确定它的价值；我们还必须把它跟类似的价值，跟其他可能与它相对立的词比较。我们要借助在它之外的东西才能真正确定它的内容。词既是系统的一部分，就不仅具有一个意义，而且特别是具有一个价值……[①]

① 费尔迪南·德·索绪尔：《普通语言学教程》，高名凯译，商务印书馆1980年版，第161页。

　　对索绪尔来说，价值和意义不是同义词，前者是在和其他共存价值的差异性关系中确立的，而后者是语言的能指（声音—象）的所指（概念）对象。他举了一个有名的例子，即法语词"mouton"和它的英语对应词"sheep"。在索绪尔看来，这两个词具有相同的"意义"——它们的所指是相同的，但不具有相同的"价值"。因为"mouton"在法语中既表示羊又表示羊肉，但英语中的"sheep"完全没有羊肉的意思，而是用另一个词"mutton"代表羊肉。因此，英语中"sheep"和"mutton"的差异性关系为每个词赋予了不同的价值，而这在法语中则不存在。

　　卡特福德和索绪尔的观点看似不同，但其实有相通之处。他们都承认翻译中无法做到完全对等，源文本的内涵一定会发生某种程度的偏转。不同的是，在索绪尔这里，"价值"因为受制于差异性关系的法则而总是在变化，相比之下"意义"似乎成为一个先验的固定范畴。卡特福德则不承认"意义"的这种给定性，认为无论"价值"还是"意义"都无法在翻译中保持原样。实际上，在跨语言实践中，卡特福德所说的具有原文意义的"转换"是很罕见的事，更多的只是材料替换的"翻译"罢了。仅举一例，日本现代作家夏目漱石到英国学习时，以为"literature"就是汉语中的"文学"，再三琢磨之后才恍悟："我在汉学方面虽然并没有那么深厚的根底，但自信能够充分玩味。我在英语知识方面虽然不能够说深厚，但自认为不劣于汉学。学习用功的程度大致同等，而好恶的差别却如此之大，不能不归于两者的性质不同。换言之，汉学中的所谓文学与英语中的所谓文学，最终是不能划归为同一定义之下的不同种类的东西。"[1] 林少阳指出，夏目漱石说的"汉学"，实质上是"东亚共同使用的表意文字的汉字书写体以及作为其历史产物的文本体系"，因此和西方知识体系与教育体制中产生的"文学"（也包括现代的"中国古典文学"）学科绝不是一码事。[2] 不妨说，夏目漱石言及的两种"文学"，不仅"价值"迥然不同，而且似乎找不到抽象共通的"意义"。

　　在雅各布森看来，翻译的核心问题是可译性，他用"差异中的对等性"来阐述他对可译性的看法："差异中的对等性是语言的主要问题，也是语言学的主要关注点。与任何语言信息的接收者一样，语言学家充当着它们的解释者。如果不把语言符号翻译成同一系统的其他符号或另一系统的符号，语言科学就无法解释任何语言样本。对两种语言的任何比较都意味着对它们的相互的可译性进行研究。"[3] 例如，英语中"cheese"这个词翻译成俄语的话可能是"сыр"，但二者并不

① 夏目漱石：《文学论》，王向远译，上海译文出版社 2016 年版，"作者自序"第4—5页。
② 林少阳：《"文"与日本的现代性》，中央编译出版社 2004 年版，第 77 页。
③ Roman Jakobson, "On Linguistic Aspects of Translation", in Reuben A. Brower, ed., *On Translation*, Harvard University Press,1959, p.233.

相等。因为"сыр"在俄语中表达的是发酵、压制过的凝乳，如果要表达"干酪"的意思，俄语有另一个词"творо́г"；而"cheese"同时包含了两者的意思。雅各布森特别喜欢举语法中的阴阳性例子来说明问题。他指出俄罗斯画家列宾对德国画家将"罪"刻画成女性感到困惑，因为这个词在德语中是阴性的（Die Sünder），而在俄语中是阳性的（Грехи）。他接着说，一个俄罗斯孩子在阅读德语故事译本时惊奇地发现，死神明明是个女人（Смерть，在俄语中属阴性），却被描绘成一个老汉（Der Tod，在德语中属阳性）。①

这些例子被娓娓道来，似乎数不胜数，但到底意味着什么？雅各布森似乎想表明，可译性是相对的，而不是绝对的。不过，虽然不像索绪尔一样求诸先验的"意义"，但他仍然坚信可译性是能够达到的。作为一个语言共性论者，雅各布森坚信各种语言有同等的能力，可以表达任何经验。如果暂时无法表达一个新事物、新概念，人们也会用迂回的方式或造出新词来完成信息交流。因此，可译性问题的本质在于"能否借助原始意义（及结构）的更改来补偿原语符号和译语符号之间的差异及没有直接表现在语言符号意义中的超语言经验之间的差异"②。关于这个问题，鲁迅在《"硬译"

---

① Roman Jakobson, "On Linguistic Aspects of Translation", in Reuben A. Brower, ed., *On Translation*, Harvard University Press,1959, p. 237.
② 转引自雷丽斯：《雅柯布逊的翻译理论研究》，《俄罗斯语言文学与文化研究》2018 年第 2 期，第 75 页。

与"文学的阶级性"》中说得很清楚。在此文中，针对别人说他的翻译"意思不能十分明了"的问题，鲁迅指出，翻译必须添加、发明新的词汇和语法："例如唐译佛经，元译上谕，当时很有些'文法句法词法'是生造的，一经习用，便不必伸出手指，就懂得了。现在又来了'外国文'，许多句子，即也须新造，——说得坏点，就是硬造。据我的经验，这样译来，较之化为几句，更能保存原来的精悍的语气。"①这方面，不妨从语法阴阳性出发，思考一下现代汉语书面语中的第三人称代词的性别化问题。众所周知，汉语第三人称代词原先是无性别的"他"，中国人也未觉得这种指称形式需要有性别，直到20世纪初，中国译者在欧洲语言中发现了女性代词，为了"对等"地对此进行翻译，他们最终发明了一个新代词"她"，这个词也成为现代汉语词汇中不可分割的部分。这个过程的有趣之处是，不仅汉语中有了阴性代词，而且原来无性别的代词"他"就此转换成了阳性代词。对此，刘禾说："翻译在双重过程中扮演了关键角色：既将性别的结构性区分引入了指称范畴，又在无法指涉印欧语言中的性别代词的地方，创造了对等物。"②无论如何，在原本没

---

① 鲁迅：《"硬译"与"文学的阶级性"》，载《鲁迅全集·第四卷》，同心出版社2014年版，第113—114页。
② Lydia H. Liu, "The Question of Meaning-Value in the Political Economy of the Sign", in Lydia H. Liu, ed., *Tokens of Exchange: The Problem of Translation in Global Circulations*, Duke University Press, 2000, p.29.

有"对等性"的地方，一种新的"对等性"历史性地被"发明"了出来。那我们能不能说，一种寻求共通意义的"可译性"是可能的？如此的话，那"可译性"也不具有索绪尔所说的那种"意义"的抽象给定性，而只能在历史语境中具体地、动态地加以理解。

我们不妨回到中西文化交流的起点来看这个问题。明末时期，一批西方传教士来到中国，他们面临的问题是如何将那些具有西方文化特殊性的宗教或科学典籍翻译成汉文。针对当时的翻译成果，有研究者认为，这些成果恰恰说明了中西方的基本思维方式和逻辑框架是不可通约的。著名的法国汉学家谢和耐（Jacques Gernet）就持此看法，他认为："传教士……之所以经常遇到翻译的困难，是因为不同的语言通过不同的逻辑，表达了对世界和人类的不同看法。"[①] 比如，中国人从来没有设想过把真理和表象分开，也否认心灵和身体的任何对立，而这种思想差异的原因在于语言框架的差异。他服膺本维尼斯特（Émile Benveniste）的说法，即语言提供了思想认识事物的基本的装置，我们只能理解被装入现有语言框架中的思想。法国数学史家马茨洛夫（Jean-Claude Martzloff）对徐光启和利玛窦（Matteo Ricci）在 1607 年翻

---

① Jacques Gernet, *China and the Christian Impact: A Conflict of Cultures*, Janet Lloyd, trans., Cambridge University Press, 1985, p.2.

译的欧几里得（Euclid）《几何原本》的研究似乎佐证了这一看法。在他看来，正是因为语言的不可通约，中国人才未能理解《几何原本》的演绎结构。例如这个句子：

圜者。一形于平地居一界之间。自界至中心作
直线。俱等。[①]

在克拉维乌斯（Christopher Clavius）的拉丁文本中，这句话是："Circulus, est figura plana sub una linea comprehensa, quae peripheria appelatur, ad quam ab uno puncto eorum, quae intra figuram sunt posita, cadentes omnes rectae linae, inter se sunt aequales." 在马茨洛夫（Jean-Claude Martzloff）看来，这里的问题是，西方语言中如"be"这样的系动词在汉语中完全不存在，只能用"有""无""为"等指示动词或及物动词替代。然而，"be"无可替代，因为它不仅是一种语言表达方式，更是一种思维模式。西方人正是通过系动词思考事物的存在特性，表明某种事物（如"圆"）具有某些特定的属性——"可以认为这类现象造成了对概念的遮蔽，根据这一概念，几何物体拥有固有的属性，其存在与否是可以被

---

① 利玛窦述：《几何原本》，徐光启译，上海古籍出版社 2011 年版，第 27 页。

观察的"[①]。这就意味着，虽然中国人翻译了《几何原本》，但西方语言本身所包含的事物具有某些可以被观察和探究的内在属性这一前提没有被显现出来，因此其说到底是"不可译"的。不过，这样的比较是否科学？罗杰·哈特（Roger Hart）指出，马茨洛夫将克拉维乌斯的《几何原本》拉丁文本和徐光启等人的中文译本不由分说地并列在一起指出两者之间的根本差异性，他实际上是将拉丁文本视为至高无上、未被破坏的原文，然而"这里被抹杀的是从希腊文到拉丁文再到法文和英文的翻译问题，以及该文本的复杂的翻译和版本历史。尤其是克拉维乌斯的编校改变和删除了许多证明的结构"[②]。也就是说，马茨洛夫强调"不可译性"的相对主义结论来自思想价值上的先验预设，而真实的历史语境被忽略了。

要摒弃这种从历史中抽象出哲学观念的做法，我们就需要回到翻译的"现场"，来看译者是如何历史性地在看似不可译的文本中寻求"可译性"的。针对这个方面，我们以利玛窦1596年的著作《天主实义》为例进行观察。在《天主实义》中，利玛窦不是抽象地思考汉语有没有可能表达西方

---

① Jean-Claude Martzloff, *History of Chinese Mathematics*, Stephen S. Wilson, trans., Springer, 1900, p.118.

② Roger Hart, "Translating the Untranslatable: From Copula to Incommensurable Worlds", in Lydia H. Liu, ed., *Tokens of Exchange: The Problem of Translation in Global Circulations*, Duke University Press, 2000, p.53.

关于"存在"的哲学概念，而是直接反驳所谓中国文化中没有"天"的概念的说法："故仲尼曰：'敬鬼神而远之。'彼福禄免罪，非鬼神所能，由天主耳。而时人谄渎，欲自此得之，则非其得之之道也。夫'远之'意与'获罪乎天，无所祷'同。岂可以'远之'解'无之'，而陷仲尼于无鬼神之惑哉！"[①] 当利玛窦用孔子的"获罪乎天"来解释基督教概念中的"天"时，他自己决定了宗教概念体系的内涵是什么。换句话说，在具体的历史语境中，这些概念本身就被问题化和具体化了。在这一语境中，当遇到需要强调某种西方特有的概念的情况时，译者有时候会采用一个简便的办法，即通过音译创造新词，如《天主实义》中说："夫即天主，吾西国所称'陡斯'是也。"[②] 将"Deus"译为"陡斯"最早是日语中的做法，后来被应用到汉语中。另外，耶稣会士从佛教和儒家那里借用并重新定义了一些术语，如"天堂""地狱""魔鬼""灵魂"等佛教术语，以及借用了"侍天""敬天""畏天"等既有的儒家说法。这也体现在具有深厚传统文化功底的中国皈依者身上，如徐光启就把基督教的宗旨归结为"修身事天"。某种程度上，这是耶稣会士为了让信仰合法化而采取的战略性手段，正如谢和耐指出的："传教士

---

① 利玛窦著，梅谦立注：《天主实义今注》，商务印书馆 2014 年版，第 131 页。
② 利玛窦著，梅谦立注：《天主实义今注》，商务印书馆 2014 年版，第 80 页。

们还经常采用另一种观点：中国传统的部分内容已在秦始皇
在公元前 213 年下令的焚书坑儒中消失，而正是这部分内容
提出了全能的创世神、天堂和地狱的存在以及灵魂不死的论
点；幸运的是，传教士们的教导使中国古典传统中已失去的
东西得以补足。"[1] 在佛教术语的使用方面，耶稣会士强调这
些词语的本义在佛教中被扭曲了，他们的学说起到了拨乱反
正的作用。

回顾 16—17 世纪的这段翻译史，可以帮助我们获得对
"可译性"问题的深化认识。当谢和耐和马茨洛夫用语言特
性说明中西方思想的不可通约或不可译时，他们把双方的文
化结构都看得太静态和固定了。于是，文化交流中那些复杂
的关系，如基督教和中国佛教、儒家和各种民间信仰之间的
交织就被坍缩为单一的中西方文化差异的问题，变成文明之
间超历史的断裂。但我们看到的实际情况并非如此。对于译
者来说，选择这个或那个术语并不是因为没办法找到精确的
对等词语，相反，这些选择本身就包含了根据历史的实际情
况而制定的策略。此外，这也不仅仅是语言和思想的问题，
也和社会与政治的考量纠缠在一起，并在现实层面造成后
果。比如，在利玛窦之后的"Deus"到底是音译为"陡斯"

---

[1]　Jacques Gernet, *China and the Christian Impact: A Conflict of Cultures*, Cambridge University Press, 1985, p.28.

还是"天""上帝""天主"等汉化名称的争论，其实反映
了耶稣会内部不同利益团体的冲突，以及罗马教廷和中国朝
廷维护自己"解经"的主导权的微妙态度。正是这些冲突，
酿成了 18 世纪的"中国礼仪之争"。在这个意义上，我们不
应空洞地辩论可译性或不可译性，而是要将这些概念放到具
体环境中辨析，使其具有历史的可理解性。

第三节 ·
折射和文学系统 ·

　　在传统译论中，原文具有神圣性，而翻译只是派生性
的。从这个意义上说，所有的翻译都是一种亵渎。亨利·列
斐伏尔（Henri Lefebvre）认为，这一说法蕴含某种浪漫主
义诗学的假设，即把"原创性"提升到至高无上的位置，不
容篡改，由此产生了对"坏"翻译的恐惧。另外，这一假设
还认为我们有可能恢复作者的"真实"意图。这带来的后果
是，仿佛文学作品有某种神秘的"内在"价值，它规定了后
来的解释方向——只有符合原意的解释，才是被允许的。

　　这一原作本质主义的观点显然大有问题，且不说我们常
常根本无法确定所谓"原意"，更重要的是，要是在更广阔
的社会—历史时空中看文学文本的话，它既然需要被人阅
读和获得声誉，就不可避免地要进入流通领域，要和各种各
样的对象——读者、译者、学者、出版商、销售商以及政治
机构——打交道。在更多时候，文本并不是静静地躺在那里
等待着有识之士去探骊得珠的，相反，它处在外在性的机
制 / 关系之中。正因如此，在晚近时期的译论中，一种"折

射"（Refraction）的观点兴起了。由此，我们当然很容易想到丹穆若什的"椭圆折射"理论。"椭圆折射"是一个宏大的"世界文学"概念，并不局限于翻译。要是仅从翻译的视角看这一概念的话，有三点值得注意：首先，丹穆若什强调，我们基本不可能和文本直接面面相照，相反，文本要想到达我们，必须穿过各种各样的"介质"，如政治和商业机构的筛选、市场的口味、审美的风潮、营销的力度等。也就是说，文本不可能以其"原样"呈现给我们，在大多数时候，我们只看到被介质"折射"出来的东西，和文本的关系其实相当间接。无疑，翻译也是众多介质之一，而且是不可或缺的介质。当读者阅读外国文学作品时，他更可能是在读译本，而非原作。当"介质"的作用被重视之后，原作至上的传统观念就得到了修正。其次，在文学的流通领域，"借助翻译而增色添彩"是很常见的现象。要是没有翻译的"加工"，很多作品可能至今泯没无闻，处在封闭状态中。换句话说，很多时候要是没有翻译违背"原意"，文本就无法进入流通领域。丹穆若什举的一个典型的例子是早期苏美尔史诗《吉尔伽美什》。这部刻在泥板上的作品虽然早已被发现，但长期以来只是作为某种文明的证据存在，只有资料上的意义。但乔治·史密斯（George Smith）在1874年的译本中赋予了它一个统一的主题，将史诗主人公吉尔伽美什击败森林巨怪洪巴巴的情节加以突出和意义化，将作品塑造为巴比伦人的民族诗歌，呼应了 19 世纪欧洲民族认同的思潮。而在具体的语言形式上，经过处理的文本在许多地方似乎具有了现代诗的风采。正是通过一系列的"增色添彩"，这部古老的史诗和现代社会发生了多方面的关联，从而成为"世界文学"这一流通体系的一部分。最后，"折射"本身会随着历史语境的变化而变化，在不同的审美、哲学、社会、政治需求下会产生不同的"折射"。以弗朗兹·卡夫卡（Franz Kafka）的翻译和其作品的传播为例，他的朋友布洛德（Max Brod）将他手稿的语言风格规范化和标准化，其英语译者以此版本为基础进行翻译，共同打造出了一个揭示人类追求意义之无稽的"普适"的卡夫卡，而不是一个在 19、20 世纪之交的布拉格语境中才能读懂的作家。但 1982 年出版的德语新版保留了卡夫卡作品的地方色彩和不规范的标点，据此版本，马克·哈曼（Mark Harman）新的《城堡》英译本出版了。新译本没有那么清晰、流畅，但很好地保留了手稿原文中那些啰唆难懂的语言，因为卡夫卡正是用这种方式模仿奥匈帝国官员说话的腔调。在这一译本中，主人公 K 不再是一个反映了现代人精神困境的偶像，而成了一个精于算计、自私自利的反英雄，其处境和心态与彼时的犹太人在一个充满敌意的环境中做生意的困难性有关。在这里，我们得到了两种截然不同的"折射"："普世"的和"地方"的卡夫卡形象。到底哪一个是"真实"的呢？显然，"折射"的提法已经延搁了"真实"问题，我们面对的只是通过不同性质的介质所折射出的以多种形式存在且在历史时间中不断变化的光谱。

和丹穆若什相似，列斐伏尔承认我们更多时候面对的是"折射"："作家和他们的作品总是在某种语境下被理解和构思，或者，如果你愿意，通过某种光谱被折射，就像他们的作品本身可以通过某种光谱折射以前的作品。"[1] 他进一步指出，只要描述折射，就不难意识到，折射是文学系统的必然结果。他说："文学是一个系统，嵌入文化或社会的环境中。它是一个经过设计的系统，亦即，它由客体（文本）和书写、折射、传播、阅读这些文本的人组成。"[2] 也就是说，进入流通之中的文学文本受到各种外部因素的制约，这些因素组成的机制／关系形成了文学系统。说到底，"折射"是某一文学系统审查和调适来自其他文学系统的作品并使之适应己方要求的行为。列斐伏尔认为，大致上说，文学系统由三个部分组成。第一，监管机构。监管机构也可被视为庇护机构，它是权力化的，既形成控制，也提供庇护。监管在三个方面发挥作用：首先是意识形态，要求文学系统和社会的其

---

① André Lefevere, "Mother Courage's Cucumbers: Text, System and Refraction in a Theory of Literature", in Lawrence Venuti, ed., *The Translation Studies Reader*, 4th ed., Routledge, 2021, p.234.
② André Lefevere, "Mother Courage's Cucumbers: Text, System and Refraction in a Theory of Literature", in Lawrence Venuti, ed., *The Translation Studies Reader*, 4th ed., Routledge, 2021, p. 235.

他系统不能脱节；其次是经济，即对作家生计的保障；最后是地位，即决定什么样的作家能获得声誉。值得注意的是，在某些地方，监管或庇护是一元化的，即有一个自上而下的统一标准；而在另一些地方监管或庇护是差异化的，在这种情况下，不同的庇护机构代表不同的，甚至是冲突的意识形态。第二，诗学。诗学是文学系统的"行为符码"（Code of Behavior）。在表现形式上，诗学往往通过批评机构发挥作用。这种诗学对文学的体裁、人物形象、象征体系等有一套特定的看法，同时也对文学的社会功用有一定的预期。在一元化的庇护体制中，批评机构的诗学标准是较为固定的；而在差异化的庇护体制中，各种诗学相互竞争，每一种背后都有各自的体制支持。第三，语言。这不仅指进行折射的语言要符合当地的语法习惯，还指语言身上承载的文化考量，即语言要将外来的文化因素本土化和自然化。[①] 例如 16 世纪的西班牙流浪汉小说 *La Vida de Lazarillo de Tormes*，直译过来是《托美思河上的小拉撒路》，显然不符合中国读者的阅读习惯，杨绛将其本土化为纯朴的中式标题《小癞子》，就一目了然了。

翻译实质上是将一个文学文本从一个文学系统带到另一

① André Lefevere, "Mother Courage's Cucumbers: Text, System and Refraction in a Theory of Literature", in Lawrence Venuti, ed., *The Translation Studies Reader*, 4th ed., Routledge, 2021, pp. 236-237.

个文学系统的过程，这一过程中形成的"折射"既完美说明了两个系统之间的落差，又让我们看到它们是如何协商和妥协的。在此不妨以杰出的德国剧作家布莱希特（Bertolt Brecht）在美国的译介为例。之所以选择布莱希特，是因为他左派的政治背景和"间离"的戏剧诗学都与美国戏剧界（以百老汇为代表）的既有认知相悖，可以成为观察"折射"是如何在文学系统中起作用的一个视角。人们对布莱希特的翻译始于 1941 年，那时候他基本上还是个寂寂无闻的移民作家；但 20 世纪 60 年代再次翻译他的作品时，他已经很受瞩目了；到了 20 世纪 70 年代，布莱希特已经进入 20 世纪最重要的作家行列。地位的变迁影响着翻译的策略，在 20 世纪 60 年代以前，接收方（美国）的文学系统起到举足轻重的作用，各种外在因素轻易地改变着布莱希特作品的"原貌"，但他的作品被经典化之后，其自身的诗学品格就得到了最大的尊重。

以布莱希特的《大胆妈妈和她的孩子们》（以下简称《大胆妈妈》）的翻译过程来说明这一问题。这部剧作在美国有三个主要译本：1941 年的海斯（H. R. Hays）译本，1967 年的本特利（Eric Bentley）译本和 1972 年的曼海姆（Ralph Manheim）译本。其中本特利译本销量最好，而曼海姆译本被认为最"忠实"于原作。但文学系统运作的具体性和复杂性是无法从这些简单的结果中得到体现的。

布莱希特的"间离"戏剧诗学的一个宗旨是戏剧不需要提供所有信息，而是把主动权交给观众，让他们根据舞台上的有限信息自行将内容填充和组合完整。但海斯和本特利似乎觉得这样做对美国观众挑战太大，他们将原文中那些有意模糊化处理的地方"清晰"化了，替观众完成了脑力劳动。布莱希特原文中的舞台指示"Die stumme Kattrin springt vom Wagen und stösst rauhe Laute aus"（哑巴卡特琳跳下马车，发出刺耳的声音）被海斯译为"Dumb Kattrin makes a hoarse outcry because she notices the abduction"（哑巴卡特琳看到了绑架，发出了嘶哑的叫声）。[①]"看到了绑架"完全是译本添加上去的"折射"效果。此外，在原作中羽菲特有一段较长的独白，但本特利显然不想让演对手戏的演员无事可做，将独白变成了羽菲特和波尔蒂上校的对白。总之，布莱希特的作品必须符合接收系统的诗学，而这种诗学显然是排斥"间离"效果的。

本特利的译本之所以大卖，一个重要的原因是他有意识地将一种百老汇音乐剧的诗学品格注入其中——这大概是布莱希特想不到的。《大胆妈妈》中羽菲特唱的那首《结亲歌》本来的声调相当朴素："In einer trüben Früh/Begann

---

① Bertolt Brecht, "Mother Courage", H. R. Hays, trans., in James Laughlin, ed., *New Directions in Prose & Poetry: 1941*, New Directions, 1941, p.12.

mein Qual und Müh/Das Regiment stand im Geviert/Dann ward getrommelt, wies der Brauch/Dann ist der Feind, mein Liebster auch/Aus unsrer Stadt marschiert."（在一个阴郁的清晨 / 开始了痛苦和辛劳 / 军队排列成方阵 / 战鼓照常咚咚敲 / 我最亲爱的冤家呀 / 已从我们城里开走。）但到了本特利手上，"折射"成了百老汇音乐剧中"季节和悲伤的回忆"的陈词滥调，观众几乎已经无法从中读出布莱希特的诗学元素了：

> The springtime's soft amour
>
> Through summer may endure
>
> But swiftly comes the fall
>
> And winter ends it all
>
> December came. All of the men
>
> Filed past the trees where once we hid
>
> Then quickly marched away and did
>
> Not come back again[1]

（春天的柔情蜜意 / 可能持续整个夏天 / 但秋天很快就来了 / 冬天结束了这一切 / 十二月来了。所有的人 / 从我们曾经藏身的树下走过 / 然后立刻离

---

[1] Bertolt Brecht, *Mother Courage and Her Children: A Chronicle of the Thirty Years' War*, Eric Bentley, trans., Methuen, 1966. p.23.

开了 / 不再回来）

　　这只是接收系统诗学在翻译中起到主导性作用的一个例子，类似的情况相当普遍。在 20 世纪七八十年代的中国，后来被称为"朦胧诗派"的一代诗人深受外国诗歌的中文译本的影响，但不太接受文言意味过重的译笔。比如，同为波德莱尔（Charles Pierre Baudelaire）的译者，陈敬容的翻译就比梁宗岱的受欢迎得多，因为陈的翻译更为白话化，而且她是"革命语体的始作俑者之一"[①]。崔春注意到，波德莱尔《忧郁病》里的同一句诗，戴望舒译的"向我们泻下比夜更愁的黑光"就不如陈敬容译的"倾注给我们黑暗的白昼——比夜还凄清"来得平实和生动。[②] 回到《大胆妈妈》的翻译上，除诗学之外，语言在文学系统中的作用也不可或缺。例如，本特利将"Käs aufs Weissbrot"（白面包上的奶酪）翻译为"Cheese on pumpernickel"（裸麦面包上的奶酪），原因是在美国人的刻板文化认知里，德国是裸麦面包的原产国，那么剧中的德国人也应该要吃这种面包。此外，监管机构对翻译的影响也许没有那么显性，但至关重要。1963 年百老汇上演了《大胆妈妈》，但这个演出版本删去了原作的九

---

① 刘晋锋：《诗歌与翻译：共同致力汉语探索——欧阳江河、赵振江、张枣对话录》，《新京报》2006 年 3 月 30 日。
② 崔春：《论北岛及〈今天〉的文学流变》，山东大学 2014 年博士学位论文，第 103 页。

首歌曲中的几首。因为如果歌曲占比过高的话，音盟（The Musicians' Union）会把它归入"音乐剧"，而这将使制作成本成倍增加。

曼海姆的译本在时间上最晚，也被认为最符合布莱希特本人的诗学。一个证据是，《大胆妈妈》中那些辛辣的反战主义词语在海斯和本特利的译本中都被淡化了，但曼海姆将之突出。他把"So mancher wollt so manches haben/Was es für manchen gar nicht gab"（有些人想要拥有 / 自己未曾拥有的东西）译成"Some people think they'd like to ride out/The war, leave danger to the brave"（有些人想安然度过战争 / 把危险留给那些勇敢的人）。[1] 按传统译论的观点，可以很容易地说曼海姆的译本比前两个"好"。但只要不把文本从其环境中抽象地独立出来，只是从文学系统的层面综合地加以考虑的话，会得出不一样的结论。要是海斯和本特利不向接收系统中的主导性监管机构、诗学和语言的要求妥协的话，布莱希特甚至都无法进入美国戏剧界的视野，也就谈不上后来的到底遵从哪种诗学原则来翻译他的作品的争论了。列斐伏尔指出："（文学系统）是一个随机系统，即一个相对不确定的系统，只允许有一定程度的概率的预测，而不是绝对的

---

[1]　Bertolt Brecht, "Mother Courage and Her Children", Ralph Manheim, trans., in Ralph Manheim & John Willet, eds., *Collected Plays of Bertolt Brecht*, Vol. 5, Vintage Books, 1972.

预测。"① 在这种随机系统中，"折射"的光谱也在不断变化。在某些情况下，同一作家会呈现出截然相反的光谱形象。比如，在《大胆妈妈》的翻译中，我们既看到了忠实于原作诗学的译本，也看到了与布莱希特本人截然相反的充满百老汇趣味的译本。还要说明的是，曼海姆的译本之所以出现，一个原因在于差异化的庇护体制本身就包含了不同诗学原则的竞争。当美国戏剧界产生了变革旧有的诗学范式的冲动时，布莱希特这种异质的诗学模式就获得了那些不认可主流的文学团体的认可，甚至将其作为价值标准。

要指出的是，翻译是一种"折射"，但"折射"不限于翻译。"折射"包括了政治机构筛选、商业营销、学术批评、读者反馈等，总之是一个综合的、"系统"性的问题。但是，翻译——本身作为一种"折射"——和其他"折射"（译者前言、注释、对译作的评论、对原作者的其他介绍）紧密地结合在一起，才能在一个"新"的文学系统中占有一席之地。我们要研究的是，文本在进入"新"系统后发生的演变，以及这一演变对系统来说意味着什么。对"折射"和文学系统的论述从根本上揭示了翻译中的机制／关系问题，显示出现代的译论已经和传统有了很大区别。现代译论的一个共同前

---

① André Lefevere, "Mother Courage's Cucumbers: Text, System and Refraction in a Theory of Literature", in Lawrence Venuti, ed., *The Translation Studies Reader*, 4th ed., Routledge, 2021, p.235.

提是：不可能存在标准化的、"正确"的翻译程序，任何特定文本都可能有多种翻译，翻译是个"一对多"（One-to-many）的过程，受到发送方和接收方具体语境的影响。而在更深入的研究中，不仅要调查翻译和语境的关系，还要探究潜在语境的作用，尤其是要揭示与权力相关的潜文本的运作。

第四节 ⋮
本土铭写和乌托邦 ⋮

　　翻译研究中对现场和语境的重视与 20 世纪末文化研究
的兴起息息相关。文化研究的长处在于能够把文学现象放到
复杂的、相互关联的系统性网络中进行研究。它对翻译研究
的影响在于将翻译是文学系统的一部分这一观念推到了前
台，并让人们有意识地去考察文学系统与其他文化系统——
包括经济和政治——在多个层间的交互关系，从而将翻译置
于比以前广阔得多的文化背景中。这被称为翻译研究的"文
化转向"（Cultural Turn）。在文化转向的某个时刻，翻译
和权力的关系得到了重视和阐明，而且日益成为一种独立
的研究方向。这被称为翻译研究中的"权力转向"（Power
Turn）。

　　权力转向关注的几个重点是施动性（Agentivity）、翻
译影响文化变革的方式，以及翻译与主导文化话语、文化主
张、文化抵抗和行动性之间的关系。这一研究范式吸收了
米歇尔·福柯（Michel Foucault）的权力观，即权力不仅是
"自上而下"的，由公权力机关实施的，而且是由那些寻求

赋权和进行反抗的人行使的。此外，也要避免传统那种用两极分化的思维思考权力的方式，即有些人拥有绝对权力，有些人则没有。对福柯来说，权力指的是由于力量不平衡而形成的复杂关系。首先，它是一种关系网络。在这种网络中，权力的关系是流动和不确定的，"权力以网络的形式运作在这个网上，个人不仅流动着，而且他们总是既处于服从的地位又同时运用权力"[①]。其次，权力是无主体的。权力问题的关键不在于谁大权在握，在权力的关系网络中，每个个体都只是权力的施动者（Agent），或者说只是权力运作的代理性工具，而非他们自己以为的那样是权力的拥有者。就像卡夫卡《审判》中逮捕 K 的那两个官员，一开始颐指气使，俨然是法律的代表，但后来受到了更高级官员的鞭挞，反而还需要 K 替他们求情。最后，权力是非中心化的。权力不是由中心向边缘的垂直运作，而是弥散、微观的，在无数点上被运用，在无数的层面上展开。

在这种权力范式中，翻译被视为一种话语交会和竞争的活动。翻译在多重权力关系之间协商，以复杂、微妙的方式转换它们，以满足特定历史时刻的需要。在这种协商中，没有任何一种翻译策略在行使权力时具有稳定和不可动摇的

[①]　米歇尔·福柯：《必须保卫社会》，钱翰译，上海人民出版社 1999 年版，第 28 页。

地位。这方面，我们重点关注劳伦斯·韦努蒂（Lawrence Venuti）的译论，尤其是他对翻译在参与权力运作、实施抵抗、影响文化变革方面的作用的研究。

在韦努蒂的译论中，"本土铭写"（Domestic Inscription）是一个关键词。翻译总是在"铭写"本土观念和知识，或者说，翻译只有在达成本土理解的时候才是可能的。看起来这并不是什么新鲜的观点，因为我们已经在列斐伏尔对翻译与"文学系统"关系的阐述中读到了相似的说法。然而，和列斐伏尔不同，韦努蒂所说的"本土铭写"并不意味着翻译实践只是消极地承受接收系统的"影响"。在他那里，"本土"不是固化、确定的，尤其是从权力关系上来说的话，"本土"并不总是权力的拥有者和实施者。相反，在翻译过程中，本土文化的既有价值等级总是被重新排序甚至洗牌，"经典"的标准也要经受反思和检验，而文化关系上的转变会进一步形成意识形态的批判乃至制度的变革。这一过程具有高度的动态性和复杂性，通过对它的探究，"本土"日益成为一个问题化的概念，正如韦努蒂说的："译者可能会发现，本土这个概念本身就隐藏着异质性和杂合性，会使翻译中的固有观念、典范和标准复杂化。"①

①　Lawrence Venuti, "Translation, Community, Utopia", in Lawrence Venuti, ed., *The Translation Studies Reader*, 4th ed., Routledge, 2021, p.469.

总的来说，韦努蒂重视翻译实践对接收系统的变革作用，这种变革始于文学系统，但扩展到了其他系统中。前述的中国明末时期对西方宗教和科学思想的翻译，其实就蕴含了这一考量。如徐光启在《辨学章疏》中对耶稣会的辩护："则诸陪臣所传事天之学，真可以补益王化，左右儒术，救正佛法者也。盖彼西洋邻近三十余国，奉行此教……终古无淫盗之俗。路不拾遗，夜不闭户。至于悖逆叛乱，非独无其事，无其人，亦并其语言文字而无之……"[①] 在徐光启建构的西方他者世界中，最吸引深陷危机中的明朝朝廷的可能是他所声称的西方典籍中"叛乱"一词的缺失。

"系统"要变革，需要某种外在的、异质性的东西对本土文化中那些边缘或次要的要素进行刺激。这就是韦努蒂再三强调本土并非铁板一块，而是具有"异质性和杂合性"的用意。他把本土文化中的这些要素叫作"剩余物"（Remainder），要是仅从"语言"层面理解的话，剩余物包括方言、行话、古语、新词、风格等。重要的是，正是由于"剩余物"的存在，本土文化才会主动地选择外来的文化因子，将其与自身的某种因子碰撞和融合，形成全新的、变革性的力量。韦努蒂说：

---

① 　徐光启：《徐光启全集九　徐光启诗文集》，朱维铮、李天纲编，上海古籍出版社2011年版，第250—251页。

任何通过翻译进行的交流都会涉及本土剩余物的释放，特别是在文学中。外国文本被重写成本土的方言和话语、语体和风格……译者可能会生产这些效果来传播外国文本，试图为外国形式和主题发明本土的类似物。但其结果总是超越任何交流，释放出以目标为导向（Target-oriented）的意义的可能性。①

比如说，在近代中国，学者将西语"folk"译为"民间"，但"folk"在西方有着浪漫主义的意义，即生活在农村的，较少受到工业文明污染的农民，他们代表了民族共同体的传统感性生活方式。而中国现代性语境中的"民间"，指的是受官方话语压制的底层力量。当民族文化的"大传统"——正统的儒家思想传统——在民族现代性转型的过程中被斥为腐朽和缺乏活力的东西后，通过对西方"folk"知识示范的追摹，被压抑的"民间"小传统就被激活为具有现代性要素的力量。五四运动时期的学者期望从中获得支持现代民本主题和民主抗争的有效资源。换句话说，通过对西方"folk"或"folklore"（民俗学）知识译介的途径，中国传统

---

① Lawrence Venuti, "Translation, Community, Utopia", in Lawrence Venuti, ed., *The Translation Studies Reader*, 4th ed., Routledge, 2021, p.471.

民间文化这一"剩余物"被释放了出来，并且成为"人"的现代主题的表达手段。

　　韦努蒂曾用马修·沃德（Matthew Ward）于 1988 年翻译的加缪（Albert Camus）的《局外人》译本说明"本土铭写"中"剩余物"的作用。在沃德之前，在美国有斯图尔特·吉尔伯特（Stuart Gilbert）于 1946 年翻译的较"正式"的译本。吉尔伯特的译本将加缪原文加以软化，使之看上去相当得体。如他把"Cela ne veut rien dire"译成"Which leaves the matter doubtful"，把"Ce n'est pas de ma faute"译成"Sorry, sir, but it's not my fault, you know"。实际上，加缪这部作品在风格、情节和叙事方法上深受 20 世纪初美国硬汉文学的影响。沃德的译本还原了加缪小说那种简练、随意的文风，他直截了当地将上面两句话译为"That doesn't mean anything"和"It's not my fault"。尤其是《局外人》的第一句话"Aujourd'hui, maman est morte"（今天，妈妈死了），吉尔伯特将其译为"Mother died today"，沃德的译法则是"Maman died today"。沃德自称，之所以保留法语"maman"一词，是因为这个词传达了默尔索对母亲特殊的感情和好奇心，而这在中性化的"mother"中是完全体现不出来的。

　　沃德的译本具有双重的异质性，在不同的层面上实现了"本土铭写"：首先，他的译本更"美国"，读者感到自己欣赏的不仅是一部法国现代主义文本，也同时被引向欧内斯特·海明威（Ernest Hemingway）和詹姆斯·凯恩（James M. Cain）这些美国硬汉文学传统的"剩余物"。其次，沃德所还原的加缪写作中包含的"美国气质"使其成为法国文学中的异类，本身就成了一种陌生的"剩余物"。最后，尽管如此，读者还是能在《局外人》译本中感受到美国作家身上稀缺的哲学上的厚度——这在"maman"一词所包含的复杂情愫中可见一斑——这使得一种外来的、陌生的因子嵌入了"本土"之中。可以说，沃德的译本唤起了一种高度混合的、创新性的文化形式。这里起作用的不是单一的翻译策略或文化立场，而是各种相互竞争的力量之间的协商、妥协和并置。从这个意义上说，翻译不仅铭写了某一种或几种文化价值，而且超越了这些确定性的价值，创造了充满希望的新形式。

唯其如此，才能理解为什么说跨语言实践中的翻译行为不是消极等待着外在力量的注入或铭写，而是自身成为一种能动力量；或者说，翻译通过对多种文化因子的同时铭写，产生了真正有新意的东西，从而主动参与了权力的运作，深刻地影响了文化的变革。韦努蒂认为，翻译为外来文本"发明新的读者群"。这句话的含义是，由于翻译是一种跨语言实践，因此围绕着它的读者群体必定是各式各样的，且在语言、文化和审美趣味等各个方面有极大差异。比如，《局外人》的法国读者和美国读者读到的肯定是不一样的东西，那些只看到美国风格的文本的读者和对法国存在主义文学有较深了解的读者的想法也必定大相径庭，那些只把文本当成文学作品来读的读者和把它当作学术研究对象的读者各有各的理解方式。然而，虽然有这么多的差异，但这些读者全都聚集在文本周围，而且跨语言、跨文化和跨阶层地想象有其他人和自己一起分享对文本的喜爱。于是，翻译实践就这样培养出了新的读者群、新的文学共同体，这是一个"本尼迪克特·安德森意义上的想象的共同体：成员'永远不会认识他们的大多数同伴，遇到他们，甚至听到他们，但在每个人的脑海中都住着他们共同的形象'……他们意识到他们在翻译中的兴趣是由其他读者分享的，外国的和本土的——即使这些兴趣是不可通约的"①。韦努蒂对翻译形成新的文学共同体的作用的强调包含了一个理论背景，即布洛赫（Ernst Bloch）的文化的乌托邦功能理论。布洛赫认为，文化形式和实践能释放出一种"多余"（Surplus），它超越了主导阶级的现有意识形态，且预示着未来的"共识"。对他来说，未来乌托邦（在他那里是无阶级社会）是通过改造现有阶级和意识形态的文化遗产完成的。②韦努蒂借用了布洛赫的理论来解释翻译是如何赋权的。他说：

① Lawrence Venuti, "Translation, Community, Utopia", in Lawrence Venuti, ed., *The Translation Studies Reader*, 4th ed., Routledge, 2021, p.482.
② Ernst Bloch, *The Utopian Function of Art and Literature: Selected Essays*, J. Zipes, F. Mecklenburg, trans., MIT Press, 1989, pp.46-50.

> 翻译释放出一种多余的意义，它通过——例如
> 通过古语或俗语——偏离当前的通用语或其他标准
> 化的语言，来指涉本土的文化传统。任何翻译都隐
> 含着对共识的希望，通过本土的铭写与外国文本进
> 行交流并认可它。①

韦努蒂认为，我们可以从权力斗争的视角去看翻译中的
"剩余物"问题。在任何历史时刻，文化交流都不是对称的，
外国文化和本土文化存在着价值孰高孰低的问题。在某些时
刻，比如五四运动时期和改革开放初期，外国文学被视为对
中国文学有示范作用，在某些阶段则不然。此外，各种社会
群体的文化和意识形态的发展是非共时性的，文化形式和实
践由具有不同时间性的不同元素组成，并隶属于不同的群
体。因此，"剩余物"其实就是被当下的"通用语或其他标
准化的语言"所压抑的某种本土方言、语体、风格和话语。
在林纾对狄更斯作品的翻译中，"剩余物"可能是中国戏曲
中的小丑戏；在五四运动时期的学者对西方"民俗学"的译
介中，"剩余物"可能是底层民众喜闻乐见的"俗文学"形
式；在沃德翻译的《局外人》中，"剩余物"则是美国硬汉

---

① Lawrence Venuti, "Translation, Community, Utopia", in Lawrence Venuti, ed., *The Translation Studies Reader*, 4th ed., Routledge, 2021, p.485.

文学的写法。说到底，"剩余物"是"构成社会的矛盾和斗争在语言中的回归"①。然而，也恰恰是在翻译之中，这种文化间的差异和斗争暂时让位于"共识"。外国文学的魅力让读者跨越种种差异聚合在一起，形成指向未来的文学乌托邦。比如说，读者固然在林纾的翻译中读到了文言文和中国传统话本、戏曲文学的表述，但与此同时也在这些"本土铭写"中培养了一种真实的对维多利亚时期英国文学的兴趣。

　　再举一例，20世纪70年代中国的地下诗人，如北岛、多多等基本接触不到外国原文诗歌，是靠译本了解国外的诗歌情况的。他们的阅读圈中最流行的是洛尔迦（Federico Garcia Lorca）、叶甫图申科（Yevgeny Yevtushenko）等诗人的作品。这些作品大多具有一种朗朗上口的民歌性。在某种程度上，这些外国诗歌带有的自然质朴的抒情性激活了某种中国"文人"传统的"剩余物"，即将自我精神的观照和对外在自然的感应紧密结合在一起。不妨说，"本土铭写"是他们接受外国文学的前提。然而，这种铭写具有抗争的意味——通过中国抒情传统中对美好人情和田园诗意的描绘来和当时的意识形态对话。更重要的是，正是在对外国文学译本的阅读中，他们超越了自身所处的文化环境，进入一种"世界文学"的想象性氛围之中。毫无疑问，西方读者在

---

① Jean-Jacques Lecercle, *The Violence of Language*, Routledge, 1990, p. 215.

他们的语境中所体会到的洛尔迦等人的作品的意义和 20 世纪 70 年代中国地下诗人所体会到的是迥然不同的东西。然而，中国地下诗人通过想象外国文化，想象与自己分享阅读喜悦的其他读者的存在，形成了一种理想的趣味共同体。需要再次强调，围绕着翻译产生的共同体，在语言、身份或社会地位上都绝不是同质化的，而是辩证性地在"本土铭写"中创造对另一种文化、另一种传统的理解。也正是在这个意义上，翻译实现了布洛赫所说的"预期性的启迪"（Vor-Schein），以一种未来乌托邦的方式想象性地调和了语言和文化的差异。

研讨专题

1. 中国传统文化中的"翻译"和西方的"translation"是一回事吗？两者的区别是什么？

2. 相较于传统译论，现代译论有哪些发展？

3. 翻译中的对等性在什么条件下是可能的？

4. 为什么说"本土铭写"中的"本土"是一个问题化的概念？

拓展研读

1. 王宏志：《重释"信达雅"——二十世纪中国翻译研究》，东方出版中心 1999 年版。

2. 劳伦斯·韦努蒂:《译者的隐身———一部翻译史》, 上海外语教育出版社 2004 年版。

3. 谢天振:《译介学》, 上海外语教育出版社 1999 年版。

4. 张佩瑶:《传统与现代之间: 中国译学研究新途径》, 湖南人民出版社 2012 年版。

5. Lydia H. Liu, *Tokens of Exchange: The Problem of Translation in Global Circulations*, Duke University Press, 2000.

6. Lawrence Venuti, *The Translation Studies Reader*, 4th ed., Routledge, 2021.

第三章

/Chapter 3/

影响和接受

  影响研究作为比较文学最基本的范式之一，主张以实证主义为方法确立两国文学或多国文学之间的事实联系。最早为影响研究做出释义的法国理论家梵·第根（Paul Van Tieghem）在《比较文学论》中指出："地道的比较文学通常只研究那些只在两个引子之间的'二元'的关系，只是对一个放松者和一个接受者之间的二元关系之证实。"[1] 但是，这一古老的方法论在 20 世纪以来不断涌现的新思潮、新理论面前屡屡遭到质疑与冲击。本章将从"影响"的观念史入手，一方面，分析实证主义影响研究的几种常见范式，并结合《赵氏孤儿》的欧洲之旅思考"文学影响"的"常"与"变"；另一方面致力于揭示出"影响—接受"的割裂所造成的难以避免的思维悖论，并思考在当代，传统的学科方法论

---

[1] 梵·第根：《比较文学论》，戴望舒译，吉林出版集团有限责任公司 2015 年版，第 46 页。

如何汲取当代人文学科方法论的新成果，以"差异化的符号游戏"为思维原则，使影响研究得以从二元体系中解放，催生世界文学体系的重新构建。

第一节 •
"影响"观念之型构 •

　　根据梵·第根的定义,任何影响研究都必须沿着"放送者""接受者""传递者"的路径进行追溯。其一,从"放送者"出发,研究一部作品、一位作家、一种文体或者一种民族文学在国外的影响,这种研究范式被梵·第根称为"誉舆学";其二,从"接受者"出发,探讨一位作家或一部作品受到了哪些异域文化、作家作品的影响,这也被称为"渊源学";其三,从"传递者"出发,注重从媒介手段的角度考察文学影响的发生,即"媒介学"。梵·第根认为,"影响研究"的学理依据在于,使文学研究摆脱"美学"的含义,而在大量实证资料的基础上,获得一套科学的方法论体系。各国文学的发展并非孤立的,而是存在着"源"与"流",在相互渗透、彼此影响中发展,具备历史学科的研究特质,因此,应将尽可能多的、来源不同的事实归纳在一起,以便充分地把每一项事实加以解释。

　　与此同时,梵·第根认为,虽然来自"比较美学上的满足","在养成鉴赏力和思索力的方面是很有兴味又是很有用的，但一点也没有历史的含义，它并没有由于它本身的力量使人向文学史推进一步"。这便是梵·第根主张"比较"需要摆脱美学全部含义，只寻求文学关系中因果链的缘由。然而，这样的研究路径历来遭到学界诟病，其中，美国批评家韦勒克将其视为文学研究中的"贸易交往关系"，它使比较文学变得只注意外部研究的情况，在内容方面变得毫无关联，仅仅成为与总体割裂的交互关系网。对此，乌尔利希·韦斯坦因（Ulrich Weisstein）也明确表示，"文学中的影响并不都是简单的、一成不变的因果关系"。如何衡量作家对前人的借鉴、因袭、叛逆与独创？又如何运用书籍、游记、信件等资源证实一些作家确实受到了另一些作家的影响？如何勾勒创作过程的起承转合呢？这些问题，显然都不能用由梵·第根构想的二元线性方法来解释。或许奥尔德里奇（A. Owen Aldridge）的表述更为中肯，他指出，影响研究就是"'一个作者作品中的某种东西，假若他没有读过前一位作者的作品，这种东西就不可能存在'……'影响并不是以单一的、具体的方式显现出来的，必须通过不同的表现去探寻'"[1]。

首先，从发展脉络来看，影响研究在西方大致经历了三

----

① 　乌尔利希·韦斯坦因：《比较文学与文学理论》，刘象愚译，辽宁人民出版社1987年版，第29页。

个历史发展阶段。（1）从 19 世纪末到 20 世纪 50 年代，是
实证研究与影响研究相伴相随的第一阶段。然而，这一描绘
路径的方法，不仅与比较文学所展示的前景相去甚远，甚至
违背了前辈的初衷。在这一路径中，除作者读过的书籍、游
记、社交圈以及无目的的引述外，我们并不能说明一个作家
及其作品是在什么程度上对另一作家及其写作产生影响的。
如果采用两点一线的传播模式考察文学影响，我们并不能因
为确定一个作家及其作品在影响的终点一端，就肯定他的写
作一定是来自另一端。（2）自 20 世纪 70 年代起，影响研究
从欧洲中心的"输出影响"转向主体研究的第二阶段。如肖
（J. T. Shaw）将"影响"定义为："影响与模仿不同，被影响
的作家的作品基本上都是他本人的。"[1] 韦斯坦因也认为，影
响"在大多数的情况下，无论如何，都没有直接的输出或借
入，而文学模仿的实例要比多少都有创造性转变的实例，稀
少得多"[2]。（3）在当下全球多元文化时代，对影响研究
的反思进入第三阶段，其中最具价值的认识是，对"欧洲中
心痼疾"及其认知模式的质疑，并提出了跨文化研究的新思
路。事实上，雅克·德里达（Jacques Derrida）、福柯、弗雷
德里克·詹姆逊（Fredric Jameson）、霍米·巴巴（Homi K.

---

[1] J. T. 肖：《文学借鉴与比较文学研究》，载北京师范大学中文系比较文学研究组
选编：《比较文学研究资料》，北京师范大学出版社 1986 年版，第 119 页。
[2] J. T. 肖：《文学借鉴与比较文学研究》，载北京师范大学中文系比较文学研究组
选编：《比较文学研究资料》，北京师范大学出版社 1986 年版，第 119 页。

Bhabha）等理论家对比较文学的影响，甚至远超韦勒克这些比较文学的传统旗手。两位比较文学学会前会长厄尔·迈纳（Earl Miner）和杜沃·佛克马（Douwe Fokkema）同时发现，旧影响研究模式对"跨文化"比较文学的无奈。前者说："跨文化比较文学与我们熟悉的文化内比较研究之间仍存在着某些差异……一旦把'影响'的观念从欧美背景中抽离出来，它就不像大多数人想象得这么简单了。"[1] 后者认为："总之，跨文化的检验——对结果的检验曾过久地被限制在一种文化范畴之内，现在它已经扩展到世界范围——会为我们对科学假设普遍有效性的期望提供一个基础。"[2] 英国的苏珊·巴斯奈特（Susan Edna Bassnett）在其专著《比较文学批评导论》中进而提出："现在已到了我们确认比较文学后欧洲模式的时候了，应当重新考虑文化认同、文学经典、文化影响的政治含义、时期划分和文学史等关键问题，并坚决摒弃不顾历史的美国学派和形式主义研究。"[3] 诚如韦勒克的顾虑："我们的学科已经岌岌可危，其严重标志是，未能确定明确的研

---

[1]　厄尔·迈纳：《跨文化比较研究》，让－克洛德·舒尔译，载马克·昂热诺、杜沃·佛克马等主编：《问题与观点：20世纪文学理论综论》，史忠义等译，百花文艺出版社2000年版，第208页。

[2]　杜沃·佛克马：《认识论问题》，载马克·昂热诺、杜沃·佛克马等主编：《问题与观点：20世纪文学理论综论》，史忠义等译，百花文艺出版社2000年版，第441页。

[3]　苏珊·巴斯奈特：《比较文学批评导论》，查明建译，北京大学出版社2015年版，第41页。

究内容和专门的方法论。"①更进一步讲，影响研究的形态和特质会在"类型的多样性"（即事实联系）与"方法的单一性"（即实证研究）之间失衡，不可避免会造成实证的焦虑。在当今文化交流频繁的时代，只有重视文学影响中多重主体的立场，才能更好地挖掘接受产物背后的动力机制与影响变异机制。

其次，从词源学上出发，日本学者大塚幸男根据《罗贝尔法语大词典》以及《拉鲁斯法语词典》的释义，指出，具有"影响"含义的英文和法文"influence"（德语为"Influenz"）是由中世纪拉丁语"influential"衍化而来的，因而在原初意义上，它包含"主宰人类命运的天体之力"的意思。这种"力"，具有"神秘"的本质。此外，这一名词是由古拉丁语的动词"influere"（流向）演变而成的，它包含着星相学的含义，特指发源于星际或者天空，可以作用于人的性格和命运的天体流。根据哈罗德·布鲁姆的考证，"在英语中，'影响'一词在德莱顿的批评术语中是不存在的。蒲柏也从来没有在我们现在这个意义上使用这个词……又过了两代人的时间，当柯勒律治在文学领域里使用这个词时，'影响'才基本上具有了我们今日使用时的意义"②。19 世

---

① 勒内·韦勒克：《比较文学危机》，黄源深译，载干永昌等选编：《比较文学研究译文集》，上海译文出版社 1985 年版，第 122 页。
② Harold Bloom, *The Anatomy of Influence: Literature as a Way of Life*, Yale University Press, 2011, p.5.

纪初，歌德对"文学影响"曾做出论述："各门艺术都有一种源流关系，每逢看到一位艺术大师，你总可以看出它汲取了前人的精华，正是这种精华培育出他的伟大。"①

此外，由于文学间的"影响"形态不同，程度也各异，所以比较文学界对"影响"类型有诸多分类，而对方法论的阐述则相对单一固定。针对伊哈布·哈桑（Ihab Hassan）所指出的文学研究中的"影响"这一概念，我们可简单地将其释义为"对从影响的范围、程度直到影响产生的因果以及中间媒介诸关系做出解释"的观点是不恰当的。也就是说，存在"影响"，却"无法从量的角度去测定"，正如伊哈布·哈桑提醒我们的那样，"没有人做中介，任何一件作品都不能说可以影响另一件作品"。近年来，学界对"影响"的界定已经进行了漫长而激烈的讨论，例如日本学者大塚幸男的"力说"论（"影响"是主宰他者的精神、理智的力）、美国学者约瑟夫·肖的"渗透"说（"影响"是渗透在艺术作品中进而再现出来的东西）、纪延（Claudio Gumen）的"痕迹"论（"影响"是一种存在于某一作家作品中的东西）。若将这些论述加以提炼归纳，就能发现，在文学影响的过程中，"放送者"和"接受者"之间往往没有直接接触，而是

①　爱克曼：《歌德谈话录》，朱光潜译，华东师范大学出版社2015年版，第111页。

要借助译者、论者、评论者、学者、旅行家之类的媒介来传递。因此，在大多数情况下，"影响"都不是直接借入或借出的，而是一种创造性的转化。关于这种创造性转化的实践形式，在本章的倒数两节中会结合具体的作品予以阐发。而"影响"实际上包含着以下三个层面的含义：其一，从"影响"的发生来看，"影响"是在外来因素作用下产生或形成的一种文学现象，指向一种源于外来文学及其相关的因素。其二，从"影响"的特征来看，"影响"是文学交流发展过程中的客观事实，往往被认为意会而无所指，难以捉摸而具有一定的神秘性。其三，从"影响"的存在形态来看，"影响"并非孤立存在，而是与作家创作中的模仿、改编、挪用等行为或隐或现地渗透交融在一起。概言之，文学影响具有外来性、神秘性、隐在性等特质，不过也正因为文学影响具有这些特质，人们对"模仿""影响""接受"等概念争执不休。

最后，应当反思的是"独创"与"模仿"的张力，即回应：文学影响究竟是一种有意识的挪用，还是一种无意识的因袭，或者说在多大程度上都是或者都不是？从双方依存的角度而言，我们可以尝试将"影响"看作一种无意识的"模仿"，而把"模仿"看作一种直接"影响"。正如肖所言："与'模仿'相反，'影响'表明，受影响的作者所创作的作品完全是他自己的。影响并不限定于个别的细节、意象、借用甚或出源等问题上——虽然它可以包括它们——而是通过艺术创作呈现出某种渗透，某种有机的融汇。"①"模仿"（与之相类似的术语是"折中"）一般在古典主义时期受到推崇，而在狂飙突进、浪漫主义、超现实主义等运动中遭到诘难。值得注意的是，文学模仿并不总是以某一特定模式为对象，也致力于模仿某一诗人或者运动的风格，这被称作"风格模仿"（Stylization）。在这一类的模仿中，文体风格和创作材料经历了有机结合。因此，如果我们想彻底探查"影响"研究的可能性范围，可以遵循这样的研究路径：（1）逐字逐句地翻译；（2）改编和模仿；（3）在接受"影响"之后形成独创性的作品。这一循序渐进的过程，突出创造、审美与接受的重要性，正如韦勒克和奥斯丁·沃伦（Austin Warren）所言："在我们这个时代，往往把独创性误认为仅仅是对传统的背离，或者是仅仅在艺术作品的材料或它的传统情节、因袭的结构等作品构架中寻找独创性，这就找错了地方。……在一个特定的传统内进行创作并采用它的种种技巧，并不会妨碍创作作品的感性力量和艺术价值。"②

---

① 转引自乌尔利希·韦斯坦因：《比较文学与文学理论》，刘象愚译，辽宁人民出版社 1987 年版，第 29 页。
② 勒内·韦勒克、奥斯汀·沃伦：《文学理论（新修订版）》，刘象愚等译，浙江人民出版社 2017 年版，第 257—258 页。

第二节 •
模仿 •

　　如果说，直到 18 世纪，英语中的"influence"一词才具
有了我们现代使用的意义，那么，在 18、19 世纪之交现代
阐释学观念兴起的背景下，普通语言变成了具有"文学性"
的语言，文学被赋予了"现代性"的意义："如方法论造就
的影响力的扩张、与小说的分离、科学精神的约束等。不
过，这种转变不限于思想层面，也不只是一次纯粹理论的和
认识论的革命，它还有一个真实的、重大的、与精神层面不
可分离的结果，即大学体制的崛起。正如佩吉不无理由地批
评的那样，由于缺少了一部关于历史学自身的历史，精神权
力和世俗权力在新的历史学中的结合与同谋被掩盖起来了。"[①]
正如法国文论家埃斯卡皮（Robert Escarpit）在《文学史的
历史》中所指出的，"在法国，由于形成了丹纳或朗松学派，
那些谨小慎微的民族文学家也捐弃了旧嫌"[②]。然而，与丹

---

① 安托万·孔帕尼翁：《从福楼拜到普鲁斯特——文学的第三共和国》，龚觅译，生
活·读书·新知三联书店 2023 年版，第 33 页。
② Foucault Michel, *The Archaeology of Knowledge*, A.M. Sheridan Smith, trans.,
Pantheon Books, 1972, p. 24.

纳派主张否定文学种种交流的全部历史的路径不同，法国学者古斯塔夫·朗松（Gustave Lanson）推崇以"科学"为首要特征的史学方法论，在撰写文学史时清晰地指出域外文学对一国文学发展的重大意义并予以深入研究。总的来说，朗松的"文学影响论"在方法论上提出以下原则。

首先，就国与国之间的影响关系而言，朗松区分了政治影响与文化影响两种情况，并指出，这两种情况并非严格区分，往往相互渗透：一方面，从外部而言，一国之政治的优越与军事的威慑，往往使得处于弱势一方的民族在文学、风俗、艺术上将大国民族的范本都不加分辨地挪移到自己国内，例如 17—18 世纪德国对法国文学的模仿；另一方面，从内部而言，一旦一国文学因为烦琐、贫乏、思维衰竭而停滞发展，就会迎合外国文学的潮流，重新为僵化的本国文学注入生命力，如贺拉斯（Quintus Horatius Flaccus）所言，被征服的希腊人的文化震慑了罗马的征服者。

其次，就所产生的效果而言，朗松反对勒梅特尔（Jules Lemaitre）等人的民族主义文学批评立场，认为外国文学作为一种"获得物"（Conquête），能够为所求者提供范例，使其理想明朗化，并收获本国文学所无法给予的知性与审美的满足：一方面，外国文学的影响力能够振奋国民精神，致使"接受国"（或言接受因素）获得超越"给予国"（或言传播因素）的"潜在力"。另一方面，外国文学也起到解放本国文学的作用。如：拉丁语语法从意大利语语法中解放了法国文学；时人看来怪诞的、具有异域色彩的英国浪漫主义思潮，反而能从古希腊陈腐的罗曼蒂克范式中解放了法国文学。此时，模仿就成为一种自我解放的手段，使得法国文学更加适应新时代的法国人的生活。朗松指出，"影响"与"接受"的核心并非原封不动地对异域的文学与思想进行复刻，而是有选择性地从他者汲取养分，充实自身。因此，大塚幸男做出如是总结，"所谓的影响，一言以蔽之，便是一种'创造的刺激'"①，是从具体的有形之物借取到的对异国文学精髓的无形渗透，即"作品的色调和构思的恰当"的呈现。

最后，就体系化的方法论构建而言，大塚幸男指出，研究者不能将"影响研究"化约为对可见事实的探究，从而视材料的追溯为无用之举，而是应该致力于探寻受影响的作家是如何有意识或无意识地以艺术再创为手段，借鉴与模仿异国文学的细节、意象、风格，从而将其融汇成一种全新的文学独创性。具体而言，除了要在文本细读上反复推敲、仔细考量，还需要兼顾如下外部媒介：（1）作家日记、创作手记、备忘录等第一手资料——尤其是一个作家的"读书历"，往往因参见日记而愈见明晰。如永井荷风在《断肠亭日乘》中

---

① 大塚幸男：《"影响"及诸问题》，载北京师范大学中文系比较文学研究组选编：《比较文学研究资料》，北京师范大学出版社 1986 年版，第 132 页。

提及，自己曾在三十年内，三次重读皮埃罗切（Henri-Pierre Roche）的《墓诣》一书。（2）作家的朋友、社交关系、给亲朋知己的信件，以及回忆录等相关研究著述。从中去探寻文学影响的蛛丝马迹。作家罗曼·罗兰（Romain Rolland）即便在自己的战时日记中，也一一收集了亲朋来信的书简与自己的回函。阿纳托尔·法朗士（Anatole France）在他的回忆录《花开之日》中强调，自己是从"古代人和近代人""本国人和外国人"那里受到启迪的。（3）紧扣作家生活时代的外文原版书籍，以及当代介绍、翻译的备受读者欢迎的外国作家的作品。如在日本的明治至大正初期，很多学者就是通过英译本来阅读和研习法国、俄国文学的。

第三节 ●
"接受"与"效果" ●

　　我们已经从观念史的角度简单地梳理了英语中"影响"
的学理基础。此外，韦斯坦因注意到，在 19 世纪的文学史
撰写中，"渊源"（Source）的问题也尤其突出，在文学研
究中，有必要对"渊源"和"影响"进行辨义，从而避免将
尚未成形的文学模式混淆成"渊源"的对象。从语义学上
考察，二者都涉及了液体的流动，但"渊源"旨在阐发流
动的源头，"影响"和"流入"则表示着这一流动的方向和
目的地。"渊源"研究旨在勾勒一种为文学作品的主题、题
材提供材料的非文学性质素，如塔西佗（Gaius Cornelius
Tacitus）的《编年史》、普鲁塔克（Plutarch）的《希腊罗
马名人传》以及为文学作品提供刺激物的许多新闻报道等
都属于"渊源"。然而，许多神话传说，即便在最原始的阶
段，也披着诗性形式的外衣，如埃斯库罗斯（Aeschylus）笔
下的普罗米修斯、索福克勒斯（Sophocles）笔下的俄狄浦斯
和安提戈涅，为后世的戏剧提供了类型，既是"影响"又是
"渊源"。

此外，在抵抗传统的实证主义研究路径时，如美国学者纪延所论述的那样，如果仅仅将"影响"视作一种心理现象，只从创作过程而非最终作品中追溯"影响"的痕迹的话，在方法论上同样站不住脚。因此，要想恰如其分地解决这一问题，还需要对"影响"和"接受"做出明确的区分。20 世纪 60 年代，德国文艺理论家汉斯·罗伯特·姚斯（Hans Robert Jauss）在《作为向文学理论挑战的文学史》一书中首先提出了"接受美学"的概念，主张将文学史从实证主义中解放出来，将审美经验放在"社会—历史"的语境中考察。他继承了现代阐释学和现象学的理论资源，认为美学研究应该集中在读者对作品的接受、反应、阅读过程及自身审美经验上，接受效果也应该将文学在社会功能中的作用纳入考量。

在比较文学界，德国学者霍斯特·吕迪格（Horst Rüdiger）则将"接受"这一术语运用到更严格的比较美学实践层面，希望用"效果"（Survival）或者"挪用"（Appropriation）来代替它。扼要来讲，"影响"应该被用来指代已经完成的文学作品之间的关系，而"接受"则涉及文本之外的研究范畴，如创作环境、氛围、作者、读者、评论者、出版者等。广义上看，读者大众对某一外国文学的知识获取程度大体上取决于非文学的因素，如作为媒介的翻译在社会和文学上发挥的作用，以及出版家以经营为主的选择标准、政治生活和意识的变化、大众传播媒介（电视、电影、广播）的作用。而我们这里集中讨论狭义上的"接受"研究，即以文学翻译为主要媒介，考察被接受的作者给接受者的直接或间接的影响。接下来立足观念史的视域进行细析。

首先，就二者趋同的情形出发，作家的"广泛阅读"（Extensive Reading），是判断文学价值的重要因素，也会让"影响"和"接受"这两个概念互通、交错。例如，米歇尔·德·蒙田（Michel de Montaigne）的散文对亨利希·曼（Heinrich Mann）的《亨利四世》产生了深远影响。亨利希·曼曾有着数量颇丰的藏书，他阅读蒙田的作品并做仔细批注，援引在小说中，这无处不体现出蒙田的启蒙思想与怀疑主义的渲染。尽管《亨利四世》是具有历史真实性的文本，但是小说中那个虚构的蒙田，是曼想象的产物。在这部小说中，"接受"（即"广泛阅读"）、"影响"与"创新"近乎完美地融合在一起了。

其次，如果论及"影响"和"效果"的区别的话，一方面，文学的"接受"不一定局限于文体风格的层面，也会涉及作家的创作立场与心态。以卡夫卡的书信与日记为例，这些材料并非为了写作发表而著，是有着一定的自传价值的，能够在一定程度上代表外国作家对卡夫卡的影响。尽管先前研究普遍提及卡夫卡受益于果戈理、陀思妥耶夫斯基等俄国作家，但是事实上细察卡夫卡的日记便会发现，卡夫卡对福楼拜的钟爱几乎到了心醉沉迷的程度。先前研究者主要从文体与风格的视域考察卡夫卡对外国作家的接受，但是鲜少有研究者注意到福楼拜与卡夫卡在心理与情感上的纽带。为了使《包法利夫人》顺利完成，福楼拜离群索居，拒绝交际；而卡夫卡长年累月地受到身心的折磨，只有极少的时间能用来写作。两位作家在人际交往、家庭、婚姻、写作理想上体验到的孤独与压抑可谓相同，借用我们先前已经梳理过的吕迪格的论述，"影响"更倾向于指向已完成的文本之间的关系，而"接受/效果/挪用"则更为关注氛围、环境、作者、出版者等文本外部的范畴，由此，我们可以称卡夫卡是在心理上"接受"福楼拜其人与作品的。另一方面，与具有心理色彩的"挪用"相反，"接受"研究的主要考察对象集中在一位用不同语言创作的作家对异国文学作品的接受。如果说，"挪用"的表现形式体现为作为"接受者"的作家具备能够直接接触与理解外国文学作品的语言能力，那么当"接受者"的外国语言的知识有缺陷、不完善时，接受的过程中"接受者"就会产生误解或者出现创造性叛逆（Creative Treason）。比如说，当我们考察布莱希特与英、法文学的关系时，就需要从"影响"与"接受"双重视域进行探讨，不仅要思考布莱希特接触的究竟是原作还是德译本，也要思考在重新创作一个模式时，他是否考虑要忠实于原作。此外，当"接受者"同时起到文化交流的媒介作用［如波德莱尔翻译爱伦·坡（Edgar Allan Poe）改写的布莱克的诗作］时，"接受"研究的讨论会变得更加复杂，更具张力。安娜·巴拉金（Anna Balakian）在《影响和文学声誉》中通过援引荷尔德林（Friedrich Hölderlin）翻译的《安提戈涅》中的两个段落集中探讨了"接受"研究。尽管荷尔德林在翻译这部希腊悲剧时力图贴近原文，逐字翻译，但是与他同时代的人发现，荷尔德林运用的是一些抽象难懂的词语与结构。这主要是因为：一方面，荷尔德林想要在字面上忠实于原作，当德语无法再现希腊语的表意模式时，就对其进行改编、改写；另一方面，荷尔德林无法详尽地掌握合唱颂歌等希腊悲剧的背景知识，也导致了他译文的晦涩难解。①

最后，应当注意的是，从世界文学建构的方向来看，一部作品被许多代人阅读，就意味着不同时代的人都会有阐释文学作品的全新角度。应当指出，对文学"经典化"的研究并非一种共时化的批评，而需要置入历史语境中。正如克劳斯·鲁勃斯（Klaus Lubbers）所言，"经过辩证法训练的、长于接受研究的学者不是做出判断，而是做出描述。他把判断的权利交给了不同时代的批评家的代表"。例如，《包法利夫人》一经问世后，就被法院以"诽谤宗教、败坏道德"的

---

① Anna Balakian, "Influence and Literary Fortune: The Equivocal Junction of Two Methods", in National Council of Teachers of English, ed., *Yearbook of Comparative and General Literature*, Vol. XI. (1962), Russell & Russell, 1968, pp.24-31.

罪名加以控诉，是以在 19 世纪末 20 世纪初的德国文学批评
中，福楼拜先是被称赞或指摘为一位现实主义者或自然主义
者，后又被称赞或指摘为一个流浪主义者或巴拿斯派作家。
但事实上，在福楼拜的创作中，浪漫主义和现实主义、颓废
主义和巴拿斯诗学主张是并行不悖、相辅相成的。直到后
来，一味地以一元论思维看待福楼拜的德国作家才意识到这
一点。此外，以翻译为主要媒介的文学接受也存在着间接影
响的情况，而文学批评就是其中不得不考虑的因素。例如，
阿洛伊斯·霍夫曼（Alois Hoffmann）在《托马斯·曼和俄
国文坛》中曾谈及，曼对俄国文化缺乏足够的了解，也无法
亲自拜访列夫·托尔斯泰（Leo Tolstoy），只能借鉴二手资
料和媒介批评家的见解来构建对托尔斯泰的认识，这些二手
材料和翻译一样，不够可靠、概念模糊，批评家的误解是比
"距离和语言"更严峻的障碍。[①]

　　因此，回到文学批评实践本身，文学史家们可能会经常
注意到，许多"接受"研究都以批评家和学者的反应为基
础，而忽略了这一现象的社会学内涵。例如，卡夫卡的《美
国》中，有一章叫作"通向拉姆西斯之路"，其中一句话是：
"随后拿起了（罗斯曼）手边父母的照片，照片上，矮小的

---

① Ulrich Weisstein, "Thomas Mann und Die Welt der Russischen Literatur" (Review), *Colloquia Germanica*, 1968, Vol. 2, pp.227-232.

父亲神气十足地挺立着，母亲坐在他前面的圈椅里，显得有些畏缩。"作者有意提醒读者，卡尔的家庭由父亲发挥主导作用，而母亲则更为温顺。但是，马克·斯比尔卡（Mark Spilka）在《〈美国〉的创作渊源》这篇论文中，对这段文字做出评论："父亲'直挺挺'（very erect）地站在他母亲的后面……这些形象包含的意义可以从小说中看出来：他对性的反感和排斥源于对母亲的爱，他的不安全感则来自父亲的坚决反对和自己生殖器的活力。"①也许这里的心理分析式解读，或言"创造性叛逆"，是出自好意，但实质上是批评家们一贯的理论焦虑所致。马克·斯比尔卡力图发掘出作者潜意识中的恋母情结和压抑，为达到这个目的，他对"very erect"进行了解读，却忽略了这个词的德文原文"aufrecht-erect"是不存在英文所蕴含的引申义的。译者原先并无此意，却为批评家设置了陷阱。

---

① Mark Spilka, "Amerika: Its Genesis", in Angel Flores, Homer Swander, eds., *Franz Kafka Today*, University of Wisconsin Press, 1962, p.113.

第四节 ●
　　　　　　　　　　　　　　　　　　　●
"接受"之旅的"常"与"变" ●

　　在中西方文化交流史上，元代剧作家纪君祥创作的杂剧《赵氏孤儿》占据重要地位。该剧作为第一部被译介到欧洲的中国戏剧，一度成为 18 世纪东方戏剧的原型与范本。法国启蒙思想家伏尔泰（Voltaire）、德国文学家维兰德（Christoph M. Wieland）、维也纳宫廷剧作家梅塔斯塔西奥（P. Metastasio）均加入改编者的行列，同时期的耶稣会还在德国南部上演了以"中国孤儿"为主题的戏剧。该剧以歌颂"忠孝节义"的传统伦理价值为核心。春秋时期晋国将军屠岸贾构陷驸马赵盾，将其满门杀害，只有公主刚生下的男婴赵武被草泽医生程婴救走。面对奸臣的追捕，程婴先是不惜用自己的亲生儿子换下赵氏孤儿，又目睹武士韩厥、义士公孙杵臼相继为护孤儿献出生命。二十年后，冤案终于平反，孤儿杀死奸臣，为全家报仇。本节的论述以《赵氏孤儿》是"影响发源"为问题核心，试图考察《赵氏孤儿》在英国之旅中文本产生变形的同时，戏剧内核蕴含的中国传统观念是否发生变化，其背后蕴含的"中国孤儿"故事在世界文学之旅中与启蒙时代的欧洲社会、政治和文学思潮是如何进行融合与互动的。

18世纪初期，在中英贸易往来之际，中国的哲学、伦理、文学也经由法国传教士的译介辗转传入英国。最早译介元杂剧《赵氏孤儿》的法国耶稣会士马若瑟（Joseph Marie Premare）在中国侨居长达四十年，其间对中国的文学、经传进行了广泛、深刻的研究，他也被19世纪法国著名汉学家雷慕沙誉为欧洲"从书本了解中国而成功掌握有关中国深广知识的学者"。1735年出版的由巴黎耶稣会的教士杜赫德（Jean-Baptiste Du Halde）编撰的《中华帝国志》（*Description de la Chine*），便包括马若瑟的《赵氏孤儿》法译本。马若瑟与杜赫德在中西礼仪之争中都站在中国文化这一边，希望借助一本著述"简要地介绍中国人著作的精髓"，以说服和感染耶稣会的反对者，"让他们产生对道德的热爱和对罪恶的厌恶之情"。

马若瑟的《赵氏孤儿》译稿在欧洲的流传，主要也是依靠杜赫德的《中国通志》的几次转译，这与席卷18世纪欧洲的"中国热"相得益彰。尽管马若瑟饱读先儒传集、百家杂书，在当时的传教士中算得上是一位"中国通"，但是他的译本只保留了原作品的大致轮廓，而舍弃了大量他认为法国读者无法理解的唱曲和隐喻。不过，他将凸显中国人价值观念的段落保存下来。如在第一折中，草泽医生程婴将婴儿放在药箱中夹带出宫，负责在宫门口盘查的武士韩厥见程婴行色匆匆，便将他召回，并唱道："你道是既知恩合报恩，只怕你要脱身难脱身。前和后把住门，地和天哪处奔?"马若瑟将这一唱段完整译出，既凸显程婴舍命救孤所承担的巨大风险，也指出从韩厥视角来看程婴救孤的行为出自"知恩图报"的心理。对此，英国评论家理查德·赫德在《贺拉斯致奥古斯都诗简评注》中对这些唱词高度肯定，认为《赵氏孤儿》与索福克勒斯的《厄勒克特拉》在叙事布局上有很大的相似，都书写了一个"以怨报怨"的故事。此外，在《赵氏孤儿》中，那些表达愁苦的词句、格言式的话语、道德性的情绪、激扬的情感与掺杂着歌曲的壮丽的诗句，都与古希腊悲剧都有着相近之处。[1]

赫德做出如此评价，与当时欧洲文艺思想界对戏剧美学的论争有着密切关联：事实上，在可见文献中，最早对《赵氏孤儿》做出详细评析的，是伏尔泰的友人阿尔央斯侯爵在《中国人信札》中的评述。他从新古典主义的美学主张出发，指出：《赵氏孤儿》因为丧失对三一律的遵循，且对公孙杵臼自杀、屠岸贾被杀等剧烈动作的处置不够得体，而无法与古希腊戏剧相提并论，与18世纪的新古典主义戏剧也

---

[1] Thomas Percy, *Miscellaneous Pieces Relating to the Chinese*, Vol. II, R. and J. Dodsley, 1762, pp. 230-231.

有着相当大的距离。可是，赫德却不以为然，他辩护道：来自中国的《赵氏孤儿》在创作条件与背景上与西方有着诸多不同，因此不能机械地用新古典主义的规则去苛求。但是根据亚里士多德（Aristotle）的"模仿说"，诗性的创造就是模仿自然，好的作品便是模仿自然的、成功的作品。古希腊的《厄勒克特拉》是如此，中国的《赵氏孤儿》也是自然的学生，曾有言：

> 这个国家，在地理上跟我们距离得很远，由于各种条件的关系，也由于他们人民的自尊心理和自足习惯，它跟别的国家没有什么来往。因此，他们的戏剧观念不可能是从外面借来的：我们可以肯定地说，在这些地方，他们只是依靠了他们自己的智慧。因此，如果他们的戏剧跟我们的戏剧还有互相一致之处，那就是一个再好不过的事实，说明了一般通行原则可以产生写作方法上的相似。①

这里的"一般通行原则"就是赫德所谓"诗的模仿说"。他认为，凡是模仿自然的、成功的作品，在写作方法上必

---

① Thomas Percy, *Miscellaneous Pieces Relating to the Chinese*, Vol. II, R. and J. Dodsley, 1762, pp.222-223.

然有着相似之处，这一研究路径曾引起了诗人托马斯·格雷（Thomas Gray）、威廉·梅森（William Mason）、华尔顿（Joseph Warton）等人的注意。在这里，赫德评论文章的价值并不是在于他的理论是否准确，而是他能将《赵氏孤儿》这样一个舶来的外国文学作品作为反思甚至解构新古典主义的机械律令的武器。相似的文本价值"变异"也在剧本改编领域有所显现：英国剧作家威廉·哈切特（William Hatchett）的《中国孤儿》（*The Chinese Orphan*，1741）是欧洲最早的改编版本。由于这部剧从未被正式搬上舞台，哈切特还将元剧中的人名随意置换成《中国通志》中古怪的姓名，如将孤儿赵武易名为"康熙"（释为"苦闷与悲伤"）。但在情节上，哈切特保留了弄权、作难、搜孤、救孤、报恩等主要段落，在最后两幕中做出较大的改动，使得奸臣在医生以画为媒诉说故事后主动负罪，故事在群众的欢呼中落下帷幕。哈切特的《中国孤儿》的价值主要集中在其政治讽喻意义上，是为揭露英国瓦尔帕尔（Robert Walpole）时代的宫廷腐败所作。[1] 正如《中国孤儿》第四幕中的一段愤怒的唱段：

---

① 　瓦尔帕尔作为当时英国第一个首相，在 18 世纪初期执政二十年，领导辉格党人，运用贿赂制度、分赃制度来维持长期的统治。瓦氏弄权忌才，在辉格党内形成一个集团，后者逐渐分化为"在朝党"与"在野党"，或称"爱国人士"，不仅包括政治人物，也有许多作家。哈切特在《中国孤儿》扉页写到，这部戏剧便是献给在野党的阿戈尔公爵的，以揭露首相专制下在朝党的贪污腐化。

我们还不是像一个腐尸，任凭侵袭，

文官好比螟蝗，武人好比雄蜂？

各项债，各项税，还不是高可没颈？

该唱段揭示出文官无用、武人无力、国债增长、苛捐杂税增加、外交失势的情形。结合《中国孤儿》的创作历史背景，我们能在 1741 年的《君子杂志》的"新书报道"一栏中找到这一剧本。当时，英国议会争执不断，在野党人在上、下院联名呼吁撤换首相，而往后，反对瓦尔帕尔的斗争一直绵延不断。《中国孤儿》的出版是适时的，它通过一个东方故事，列举首相专权的恶果，也设想首相下台后的情状。

由是观之，当我们在考察《赵氏孤儿》在 18 世纪的欧洲文学掀起的改编热潮时，需要将翻译、介绍、批评、改编、演绎等质素综合纳入考量。当时针对《赵氏孤儿》的文学批评，与启蒙前期英国的历史条件和思想倾向密不可分：人们并不被束缚于既有的希腊、罗马、希伯来等传统的文明尺度，而是渴望以"远大的眼光来瞻顾人类"，重新评价域外事物的价值。然而，古典主义的戒律总是或隐或现地发挥着影响。赫德对《赵氏孤儿》的批评便依然无法脱离亚里士多德的"模仿说"。此外，就剧本的改编而言，改编者注入的时代气质与其身处的政治文化语境不能忽视。由此，《赵氏孤儿》的欧洲之旅呈现出"常"与"变"的辩证统一：虽然各地方的改编侧重各不相同，但往往不会脱离"舍子救孤"的母题。无论是法国思想家融入的启蒙思想、英国作家融入的政治讽喻，还是爱尔兰剧作家植入的反抗殖民精神，都为这部古典悲剧注入新的生命力，为其在异国他乡的"本土化"奠定基础。

第五节 ·
影响、符号与差异原则 ·

　　由是观之，"影响"是比较文学学科领域中最重要也是最不言自明的概念。"影响"主要以"实证主义"为主要方法，显得有些单调。如何重估"影响"这一古老的方法论在当代的命运与价值？20世纪中叶，这一研究已经遭到了福柯的沉重一击。福柯的《知识考古学》的思想资源始于对法国年鉴学派早期研究方法论的批判，他运用话语分析的方法，重构了西方人自我认知的历史，也重构了人们对历史认知的知识系统。福柯的历史认知论批判的对象中，"影响"就位列其中，他指出：

　　还有影响这个概念，它为那些传递和交流的事实提供了一个支点——这个支点如此神妙，以至于难以对它加以分析——它把相似或者重复的现象归结于一个明显的因果性顺序（这个程序既没有严格的界定，也没有理论的定义）：它在一定距离中，通过时间——正如通过某种传播环境的中介那

样——把诸如个体、作品、观念或者理论这些被定
义的单位联系起来。①

也就是说，在福柯看来，传统"影响"研究停滞不前的
原因主要可以归结为三：其一，将信息传递和沟通作为研究
的任务，以回应物质世界对理论的期待；其二，把对相似性
的偏爱作为工作的方法；其三，把时空联系的达成作为结
果。就第二项的实质性内涵，福柯诘难道，"影响"的工作
是将相似和重复加工为因果联系，但这种联系只是一种话语
秩序，而非事物的本质，"但是一下就会明了，这样的单位
是某种操作的结果，远非是即刻给予的"②。

通常认为，传统的法国学派注重文学国际关系的实证
性，主张"'比较'这两个字应该摆脱全部美学的含义，而
取得一个科学的含义"③。但事实上，文学毕竟与定量、定
性的科学分析模式有着本质区别。文学创作活动和文学间的
相互影响是一种极其复杂的现象，无法以因果联系来解释文
学的相似性、类同性现象，将文学之间的影响关系简化为单
纯的因果关系，这样的解释会遮蔽文学本身的审美特性。此

---

① Michel Foucault, *Archaeology of Knowledge*, A. M. Sheridan Smith, trans., Routledge, 2013, p.21.
② 转引自范劲：《从符号到系统：跨文化观察的方法》，复旦大学出版社 2019 年版，第 4 页。
③ 梵·第根：《比较文学论》，戴望舒译，吉林出版集团有限责任公司 2015 年版，第 80 页。

外，"影响"的论证基础是建立在"共时的"（Synchronic）、"类同"（Similarity）、"历时的"（Diachronic）、"相异"（Dissimilarity）等多个层面的。文学影响关系除了具有可证实的模仿、借鉴、渊源等因素，不同作家及其文学作品之间的风格、情感、心理等方面还包含着艺术倾向和审美情趣上的渊源关系。这些渊源关系往往具有审美性与隐含性，并不可预测，因而文学影响关系也就不能简单地通过用事实考据来证明"相似性"得以简单阐发。与此同时，如果我们将"影响"视作精神的际遇，将其解释为一种内在的精神联系，将"外部相似是偶然的，然而思想内部为人类共通的"视作平行研究的潜在逻辑，以"神似"取代"形似"，那么就趋近于法国学派至美国学派的演进之路。

尽管如此，美国学派主张"相似性"也有其内在困境，其中包含的求同原则其实预设了主客体身份的非流动性。正如德里达所言，同一语词"在法律面前"作为标题和开头语并不是同一意思。瓦尔特·本雅明（Walter Benjamin）在《译者的任务》中也提及这样一个颠覆性的观点：原作的"可译性"具有悖论性，译文的表意方式和表意对象之间存在断裂，原文和译文之间的关系，就是一种"影响"和"接受"的关系。翻译无须复制原文，而是要实现其来世生命，帮助它向居于上帝的记忆王国的"纯语言"超越。事实上，文学的模仿行动往往以"偏离"为前提，语词中的"差异"

和"居间"（In-between Space）或许才是语言的常态。

当代哲学和认识论实质上是建立在"差异"原则之上的。"差异"原则的确立，实际上也为比较文学开辟了更广阔的空间，从中可以更自由地采用各种新方法、新视角和新观念，由此实现比较文学这一古老的人文学科的"结构化"转型。具备了否定意识，便可以引入游戏与符号的概念，作为影响研究一种全新的阐释原则。一方面，路德维希·维特根斯坦（Ludwig Josef Johann Wittgenstein）在《哲学研究》开篇就对圣奥古斯丁（Augustine of Hippo）在《忏悔录》中构建的经典语言观进行反驳：语言中的单词命名对象，句子是这些名称的组合，每一个词都含有一种意义，该意义与这个词相关联，它是这个词的代表对象。然而维特根斯坦开篇就质疑这一观点：并非我们称为语言的一切事物都被囊括进去了，语言并非一种关于对象的表达，而近似一种符号的游戏，也就是词语自身的使用。这就要求我们进入语言形式发生的具体历史语境，考察影响发送者在具体场景中和其环境所发生的关联，探寻这一影响作为一种具体的、单向的、不可逆的语言游戏的规则和目的。另一方面，语言游戏的规则又需要结合现代符号学理念进行综合考量，因为符号在"游戏"的意义上割裂了与原文的"现实"联系，使得自身获得解放。正如罗兰·巴特（Roland Barthes）所指出的，符号意味着"能指"与"所指"的构成，但是"能指"与"所指"

并不能互相等同，而是可以置换身份，由此使得意义随时可能溢出"自身之外"。

由是观之，通过在符号世界中争取自由，我们在研究某一文学影响现象时，关注点就不应是纯现象意义上的形式与意义的变形与传递，而是一个生动的互动过程。正如德国学者夏瑞春（Adrian Hsia）所分析的郭沫若对《少年维特的烦恼》的误读：

> 郭沫若忽略的或是未能看到维特身上的所有负面因素。人们得到这一印象，他不愿看到心情不光呈现为幸福的源泉，而且被维特像一个病孩般护持着；自然不光是神的显现，还被描述成反刍的怪物。幼儿尽管被歌颂，同时又被比喻成只听命于饼干跟鞭子的小市民。而首先歌德绝不是把维特之自杀作为自我实现和最高道德来表现的。[①]

引发我们思考的不仅是郭沫若为什么会误读，更是何以产生误读现象本身。如果引入符号游戏的观念加以思考，那么应当将注意力放在此时此地的结束效果上：接受者的处理

---

① Adrian Hsia, Zum Verständnis eines chinesischen Werther-Dramas, Adrian Hsia und Fritz Thyssen Stiftung und Günther Debon, hrsg.,*Goethe und China, China und Goethe: Bericht des Heidelberger Symposions*, Peter Lang International Academic Publishers, 1985, p.187.

和接近目标的方式及其期待值的不同，构成了目标符号的镜像。不妨将"歌德"这一目标符号划分为：（1）主情者的歌德；（2）革命者的歌德；（3）沉思者的歌德。诸如此类，从而准确地把握歌德在中国的历史性分布。也就是说，作为符号结构的影像存在多重典型层次，并不是某一真实的歌德，以及其他被歪曲了的影子，而是几个不同的、作为符号的"歌德"在接受者的群体意识中的角力。考察歌德这一"能指"在中国现代文学中的生成历程可知，这些具象又会被不断地置换：维特被浮士德取代，青年歌德被老年歌德取代（正如宗白华在《题歌德像》中所写的，"你是一双大眼 / 笼罩了全世界 / 但是也隐隐地透出了 / 你婴孩的心"，以及郑敏《歌德》中收敛起热情的"理性美丽的宫殿"）。由此可见，无论"歌德"这一"能指"本身有多么耀眼，对中国现代作家而言依然是一个拉康意义上的"客体小 a"（Object Petit a），因为偶然占据了"纯粹大他者"的位置而成为中国新文学这一欲望主体的渴求对象，承载着其对现代化理想主体的渴求。尽管这一"能指"最终也有被抛弃的风险，但是无论如何，它都曾经占据了对主体生成来说至关重要的"大他者"的位置，在主体错综复杂的形成史中发挥着无可替代的作用，并最终成为主体的一环。

　　总之，需将"影响"视作一种流动的状态，这种状态是主客体之间的相互生成，是"传播者—媒介—接受者"内在互动的关系。而真理的本质就是不可能对可能、无限对有限、普遍对个体的影响。如果说真理的运动决定了"影响"作为词语／信息的流转翻译，那么，福柯的诘难便不至于构成真正的威胁——因为，他针对"影响"的一些抨击也是在语境内被规定的词语，而不是比较文学所要追随的精神。而福柯描述的方法本身，或可为比较文学在后现代中突围提供出口，"有意义的影响必须以内在的形式在文学作品中表现出来，它可以表现在具体作品反映出的内容、思想、意念或总的世界观上……为此，各种文献记载、引语、同代人的见证和作者的阅读书目等都必须加以运用"①。

研讨专题

1."影响"研究中"独创"和"模仿"的内在关联是什么？

2.对"接受"的重视在何种程度上拓宽了"影响"的视域？

3.接受研究中既有"常"，也有"变"，二者有怎样的辩证关系？

4.如何理解"影响"研究中的实证性和差异性？

---

① Michel Foucault, *Archaeology of Knowledge*, A. M. Sheridan Smith, trans., Routledge, 2013, p.271.

拓展研读

1. 梵·第根:《比较文学论》,戴望舒译,吉林出版集团有限责任公司 2015 年版。

2. 范存忠:《中国文化在启蒙时期的英国》,译林出版社 2010 年版。

3. 马立安·高利克:《中西文学关系的里程碑（1898—1979）》,伍晓明、张文定等译,北京大学出版社 1990 年版。

4. 干永昌等选编:《比较文学研究译文集》,上海译文出版社 1985 年版。

5. 乌尔利希·韦斯坦因:《比较文学与文学理论》,刘象愚译,辽宁人民出版社 1987 年版。

6. 赵毅衡:《诗神远游:中国如何改变了美国现代诗》,四川文艺出版社 2013 年版。

第四章

/Chapter 4/

神话—原型

"神话—原型"批评是一种起源于 20 世纪初的批评
模式，20 世纪 50 年代末在加拿大批评家诺思罗普·弗莱
（Herman Northrop Frye）手中形成了规模相对完整的文学批
评体系。从词源上看，"archetype"（原型）一词结合"arkhē"
（意为"第一个，原始"）以及"typos"（意为"模型，类
型"），与柏拉图（Plato）提出的"eidos"（理型）含义相
近。柏拉图将"理型"视为万物的本原，认为万物是它的副
本，这一概念由斐洛（Philo）、圣奥古斯丁等早期基督教思
想家继承改造，成为指代"人身上的上帝形象"的神学概
念。随着中世纪神学影响力的消退，这一术语从主流批评词
汇中淡出，直到 20 世纪又在文化人类学、分析心理学和文
学批评等领域复苏。原型批评家试图回溯古典神话，找出人
文艺术共同的起源以及基本的形式原理，他们将人文艺术看
作一个同脉共生、相互映发的整体。这种对共性和整体性视
野的强调，与推崇"差异"的后结构主义有很大不同。

第一节 •
原型批评的理论源流 •

　　"神话—原型"批评的发生发展并不完全局限在文学内部，而是得益于多个人文领域的协同共进，建构出一套从早期宗教现象入手、探索文学文化起源的批评话语。文化人类学、分析心理学和结构主义人类学，是"神话—原型"批评三种主要的理论来源。

　　在文化人类学领域，詹姆斯·弗雷泽（James George Frazer）1890 年撰写的《金枝》对"神话—原型"批评的产生有重要影响。这本长达十二卷的巨著奠定了一种有别于传统人类学研究的比较方法：弗雷泽并不专注于对单个文化中的习俗进行个案研究，而是将世界各地不同文化中古老的魔法和信仰仪式并置在一起，彼此之间进行横向比较。他从不同文化体系的仪式中辨认出一系列共同的主题和叙事结构，证明了史前人类的集体心灵中存在某种统一而普遍的无意识象征。例如，他在调查了埃及、西亚等多个国家和地区一年一度的原始信仰仪式后发现，尽管这些仪式分别归在奥西里斯、塔穆斯、阿多尼斯和阿提斯等不同的神的名下，但它们的主题高度相同，即神的死去与复活。弗雷泽认为，生活在农耕时代的先民深感自然之中时节循环的奥秘，因而将一年一度的草木荣枯与生命兴衰联系在一起，并将这一主题人格化为一位年年都要死去并复活的神。祭神的仪式实际上寄托了人们对生、死和来世的秘密的想象，这也是基督教中耶稣复活叙事的历史渊源。

弗莱评价道："弗雷泽的书极大地利用了比较的方法。这也就是《金枝》一书的主要影响在于文学和比较宗教学，而不在于人类学的原因。"① 受弗雷泽影响，"剑桥学派"是原型批评的最早实践者，他们尝试从文学作品，尤其是戏剧中分辨出一系列源于仪式的原型叙事。比如吉尔伯特·墨雷（Gilbert Murray）就将莎士比亚的《哈姆雷特》和埃斯库罗斯的《俄瑞斯忒斯》并置比较，认为两个故事源自共同的仪式习俗，即为了社会群体的需要主人公被当作替罪羊杀死或被放逐。②

瑞士心理学家卡尔·荣格（Carl G. Jung）则从心理功能的角度定义了原型。他在 1922 年的著作《人的精神，艺术和文学》中提出了"集体无意识"（Collective

---

① Northrop Frye, "World Enough Without Time", in Robert D. Denham, ed., *Northrop Frye on Culture and Literature: A Collection of Review Essays*, University of Chicago Press, 1978, p.100.
② G. 墨雷：《哈姆雷特与俄瑞斯忒斯（节选）》，王宏印、叶舒宪译，载叶舒宪选编：《神话—原型批评》，陕西师范大学出版社 1987 年版，第 245—260 页。

Unconsciousness）的概念，认为各民族的神话及仪式中存在大量重复出现的"原始图像"。我们无法绘制出具体的流传路径，只能推测它们与生俱来地附着于大脑组织结构，通过生物遗传的方式从原始时代流传至今。这一理论的提出，标志着荣格与其师弗洛伊德的彻底决裂：后者所说的"无意识"更多指向一种个人层面上的心理功能，弗洛伊德本人也倾向于从个人经验的角度解释包括神话在内的文学作品；而荣格则将"无意识"理解为一种无法为个人经验所囊括的、略带神秘的集体经验。比如：同样分析神话中的恋母叙事，弗洛伊德倾向于从个体性驱力的角度给出解释；荣格则将其与神话中的"大母神"原型联系在一起，认为对母亲的依恋反映了人类对"重生"的追求。[①]"集体无意识"的提出，一定程度上修正了较为狭窄的弗洛伊德式文学观。文学不再被看作个人症结的传记式表现，而是反映了源远流长的人类集体心灵。不妨说，"集体无意识"指的是人类精神中都有一个神话创造的层面，它不仅是所有人类共同具有的，也是不同时代不同文化的人共同具有的。荣格的原话是：

①　卡尔·古斯塔夫·荣格：《转化的象征：精神分裂症的前兆分析》，孙明丽、石小竹译，国际文化出版公司 2018 年版，第 190—191 页。

　　我认为我们要加以分析的艺术作品不仅具有象征性，而且其产生的根源不在诗人的个体无意识，而在无意识的神话领域之中，这个神话领域中的原始意象乃人类的共同遗产。我把这个领域称为"集体无意识"……它由于与意识不相容而受到压抑，处于潜在状态。①

　　"集体无意识"的意义，就在于把原先我们认为是个人私有的想象看成公有的，想象力曾被认为是私密的、灵魂深处的东西，但是荣格告诉我们，这些看似不同，实际上都可以追溯到原始的神话和祭祀仪式之中。"集体无意识"潜存于心理深处，原型则是其载体与显现形式。不同于弗雷泽从物质层面出发，将原型与季节循环和农耕文化联系起来，荣格对原型的认知更加抽象，类似于柏拉图所说的"理型"或康德的"理解范畴"。原型本身是空洞的、纯形式的，但通过将自己投射到神话和文学中的人物形象身上，空洞的原型也可以拥有具体可感的形式和意义，而这个人物形象也因"原型"的投射具有了超乎个人经验的深刻性。比如歌德《浮士德》中的"永恒女性"就是一种"阿尼玛"原型的投

① C. G. 容格：《论分析心理学与诗的关系》，载叶舒宪选编：《神话—原型批评》，陕西师范大学出版社 1987 年版，第 99 页。

射，代表着男性无意识中的女性形象。他还从神话和梦境中总结出一系列原型，包括："阿尼玛、阿尼姆斯、阴影、人格面具、智慧老人"等心理原型；"英雄、骗子、儿童、上帝、魔鬼、大地母亲、智叟、巨人"等人物原型；"太阳、月亮、森林、风、水、火"等意象原型。

基于原型理论，荣格提出一种名为"扩充"（Amplification）的心理疗法。在捕捉到患者梦中的某个意象后，将其视为一种原型，寻找它在过去文学文化中的类似表达，从而给出一种超越个人经验的深刻解释，并让耻于自己病患的人意识到，他的症状是人类集体心智中的一个普遍现象。从这种意义上来说，艺术创作也是民族在每一时代的"扩充"活动。艺术家以不倦的努力把原始意象从无意识的深渊中发掘出来，使之与同时代人的心灵相通，并让日趋孤立化的现代主体找到自己与前人心智的潜在关联，从中得到疗愈和安慰。

结构主义人类学家克劳德·列维－斯特劳斯（Claude Lévi-Strauss）的神话学研究，也为原型批评提供了方法论上的启示。斯特劳斯反对荣格的原型模式，认为"这与语言学长期以来的错误相当，即声音与意义之间可能具有某种密切的关系"[1]。换言之，他认为荣格过于强调每个原型各自

---

[1] Claude Lévi-Strauss, *Structural Anthropology*, Basic Books, 2008. p.204.

的意义，但在他看来，整个神话系统就和语言系统一样，单独的表意单位和意义之间是没有内在联系的。只有放在一种支配规则或关系下，符号的意义才能显现出来。因而，斯特劳斯提出"神话素"的概念。这是一种在神话故事情节中反复出现的基本叙事结构通用单位，主要是指人物、事件和主题之间的关系。神话素本身没有含义，但只要把素和素放置在同一结构系统下，它们之间的关联就会浮现出来。神话整体意义也正是在这些关联中产生的。比如在分析忒拜神话系时，斯特劳斯将故事分解为四组神话素：过分重视血缘关系、过分轻视血缘关系、否定人类原生性、直立行走困难（也即否定原生性的失败）。他因此将忒拜神话的深层含义归结为人类的"自然起源"和"男女生育起源"两种信仰间的二元对立。对于古人而言，把这两种人类起源说结合起来太过困难，于是他们利用矛盾的二重性逻辑，构建了整个忒拜神话体系。事实上，所有神话在斯特劳斯看来都是这样建立起来的，它们形象地体现了一个社会体系中两种对立力量所构成的核心矛盾，并尝试对这些对立方面进行调和。神话的本质就是这样一种用来解决人类矛盾逻辑的认知装置。

　　总结一下上述几种原型批评的共通之处：首先，神话不再被他们看作一种落后的初民思维，与现代的科学理性思维相对立，而被视作某种超越时间、人所共有的认知结构；其次，比起追溯神话在某种文化里的历时性发展，他们更强调共时性思维的使用，将不同文化放置在一个空间平面，从中发掘同构性；最后，他们都在尝试建立一种具有整体性视野的文化体系，认为各种文化现象都是由神话这个共同的起源演变而来的，这让纷繁的人类文化具有了某种一致性基础，构成一个超越国别和时空限制的宏大整体。这些方法和观念都为原型批评在文学批评领域的发展打下了基础。

第二节

弗莱的原型批评

　　20 世纪 50 年代，诺思罗普·弗莱整合多个人文领域的原型批评研究成果，建立起一套文学批评理论体系。弗莱强调，他并不认为原型概念已经被荣格垄断，更反对将荣格"集体无意识"理论中晦暗不清的神秘主义气息带入文学批评中。他所定义的原型是指文学中的意象、主题、人物等，它们在文本中反复出现、足以识别，通常具有约定性的语义联想，能够使一首诗与另一首诗联系起来，形成一个具有内在关联性的文学整体。可以说，原型批评直到弗莱的手中才被理论化为一个纯粹的文学术语。

　　弗莱提出原型批评的出发点是，他认为既有的文学批评方法各行其是，缺少一套像科学那样稳固的知识框架。离开了像生物学中的进化论一样的中心假设，批评家便无法根据某种基础理论把握作为整体的文学；批评家还常常将方法和对象混为一谈，不把作品看成有待批评的现象和材料，反而将文学本身的经验运用到批评当中。另外，许多传统批评家太过依赖价值判断，将基于私人品位的文学取向当作普遍的法则使用。比如马修·阿诺德（Matthew Arnold）偏爱史诗和悲剧，胜过喜剧和讽刺，就用"高级风格"和"低级风格"为两组文本定性分类，这不仅干扰了批评的客观性，还将一种隐藏且顽固的道德、社会或知识等级带入了批评。基于文学批评缺少学科规则的混乱状况，弗莱希望在《批评的解剖》中"就文学批评的范围、理论、原则及技巧达成一种概括的见解"[①]，促使文学批评形成一种体系化的知识结构。

弗莱强调文学批评的体系化，一方面是为了改变大学文学教育的状况，把文学从一种仰赖良好品位、仿佛秘不可传的精英主义标榜物，变成一门自主、系统、能帮助所有学生更好地理解文学的学科；而另一方面，从批评本身的意义上讲，弗莱也是为了努力完成亚里士多德在《诗学》中没有完成的任务。在弗莱对亚里士多德《诗学》的评价中，俨然也包含其自己的理论诉求：

> 亚里士多德所谓的诗学，便是指一种其原理适用于整个文学，又能说明批评过程中各种可靠类型的批评理论。在我看来，亚里士多德就像一名生物学家解释生物体系那样解释着诗歌，从中辨认出它

---

① 诺思罗普·弗莱:《批评的解剖》，陈慧等译，百花文艺出版社 2006 年版，第 3 页。

的类和种，系统地阐述文学经验的主要规律；简言

之，他仿佛相信，完全可以获得一种的确存在的关

于诗歌的十分明白的知识结构，这种知识结构并非

诗歌本身，也不是诗的经验，而正是诗学。[①]

　　弗莱主张批评必须有一套自己的概念系统和科学原理，文学批评研究的是文学作品是怎样的，而不是去说它应该是怎样的。在批评之中要尽量把那些纯属个人趣味的东西去除掉，要对所有的文学经验无区别地、一视同仁地接受。他的目的是建立一个客观的、超功利的、普遍适用的、能够解释所有文学作品的理论体系。可以说，他要建立起一个文学批评的乌托邦。他认为，文学批评首先要弄清楚的是，它的目的是建立一个理性的、关于文学的法则和规律。为了达到这个目的，他就要有一个特定的概念系统或者说是知识体系。因为批评家的批评是从这个概念系统出发的，所以批评家能够把一部作品放在更深广的背景中去考察，对作品的价值和意义能够认识得更加清楚。弗莱坚持文学批评应该是一种科学，原因在于科学在他看来是完全自足的。科学虽然和现实生活有联系，是一种对现实现象的总结和认知，但是发展出

---

① 诺思罗普·弗莱：《批评的解剖》，陈慧等译，百花文艺出版社 2006 年版，第 20 页。

了自己的一套语法系统，比如数学的四则运算、化学的方程式等。这套系统严格地保持着一种封闭的状态，一切外在的东西都不允许进入，以免打乱它的范畴。弗莱也是这样看待文学批评的，他认为批评"是一种独立存在的词语系统"，形成了自己的小宇宙，它是一个封闭的、内向的领域，包含了生活和现实，但是绝不会被现实和生活同化，不能用现实的准则去要求它。

弗莱十分看重文学批评概念框架的自主性，不希望依赖其他领域的知识来构建文学自身。他指出，传统观点认为"文学处在人文学科的中间地段，其一侧是史学，而另一侧是哲学……批评家只好从史学家的观念框架中寻取事件，又从哲学家的观念框架中借用理念"[1]。但这种方法既夸大了与外部根源有联系的价值，又轻视了文学被称为文学的特殊性。在弗莱眼中，"不管是马克思主义的、托马斯主义的、自由人文主义的、新古典主义的、弗洛伊德的、荣格的还是存在主义的，通统都是用一种批评态度来顶替批评本身"[2]，因此皆不足取。批评家应尽的任务是对自己的领域做到通盘了解，踏踏实实从其所研究的文学作品中归纳出一套基本原理，而非"从神学、哲学、政治学、科学或与这些学科的任意结

---

[1]　诺思罗普·弗莱：《批评的解剖》，陈慧等译，百花文艺出版社 2006 年版，第 16—17 页。

[2]　诺思罗普·弗莱：《批评的解剖》，陈慧等译，百花文艺出版社 2006 年版，第 8 页。

合中照搬"，这只会让文学批评沦为一种"寄生的理论"。

"神话—原型"批评可以被称为宏观的形式主义方法。说它宏观，是因为原型批评讲究的是作品和作品之间的联系，眼光放在了作为整体的文学经验上，不像新批评那样只局限于对个别作品进行字词分析。说它是形式主义，是因为它对神话和历史的区分显示出它的批评是一种明确的内部研究。就像弗莱说的，他从来不理会作品和外部的社会现实有什么相似性，他只关注文学作品的内在相似性。他口中的原型也不是人类学、心理学意义上的心理经验，而是虚拟性叙述体中重复出现的成分。弗莱用了一个比喻来说明原型批评的宏观性：

> 在观赏一幅画时，我们可以站得近一些，对其笔触和调色的细节进行一番分析。这大致相当于文学中新批评派的修辞分析。如退后一点距离，我们就可更清楚见到整个构图，这时我们是在端详画中表现的内容了……再往后退一点，我们就能更加意识到画面的布局……在文学批评中，我们也得经常与一首诗保持一点距离，以便能见到它的原型结构。①

---

① 诺思罗普·弗莱：《批评的解剖》，陈慧等译，百花文艺出版社 2006 年版，第 198 页。

　　形式主义强调的"细读"（Close Reading）正是某种意义上的"近看"。他们把艺术作品看作单独存在的自足实体，要求目光尽可能局限在一个作品文本的范围内，并排除任何语境的干扰，从而深入研究本文的修辞和形式。弗莱认为形式主义的修辞分析提供了文学批评中归纳的方法，但他理想中的批评系统应该在归纳经验和演绎原则之间交替进行，批评的理论就对应了演绎的部分。要有效地推演出一种适用于整个文学的批判程序，就需要舍"近"而求"远"，对文学体系有一个宏观的认识。比如说希腊神话里有珀耳塞福涅的故事，这个神话的原型的主题是关于死亡和重生的，关于人是如何从无生命的状态中苏醒的。这个原型结构在后来的文学作品中多次出现，如威廉·莎士比亚（William Shakespeare）的《冬天的故事》。弗莱提出的作为文学交际单位的原型，为我们提供了把全部文学纳入一张整体性关联网络的途径：当我们读一首诗时，就是在阅读与它共享着原型的诗的集合；于是每一个单一的文本，都能被看成"全部文学的一个缩影，是词语秩序的整体的个别展现"[①]。这样就克服了形式主义批评"一叶障目"的弱点，大大拓宽了文学批评的视野。

----

① 诺思罗普·弗莱：《批评的解剖》，陈慧等译，百花文艺出版社2006年版，第172页。

　　将原型批评放置到 20 世纪英美批评的整体生态中，尤其是考虑到 20 世纪 30 年代美国批评界经历过声势浩大的形式主义批评与社会—历史批评之争，就能看出弗莱试图协调和超越这两者的努力。社会—历史批评致力于将文学置于广阔的文化语境下考察，但过分强调外部环境对作品的渗透作用，使文学学科几乎失掉理论自主性；形式主义批评尽管将"文学本质"放在首位，却因专事文本细读，失去了对作为整体的文学的把握。弗莱的原型理论在某种程度上是对两种理论的兼收并蓄：作为交际单位的原型证明了不同文本间存在某种超越时代、意识形态和文化语境的可沟通性，这让文本和文本连成一片，整个文学变成了一个"自我组织"的有机整体，其组织规律也完全是属于文学自己的。

第三节 ：
《批评的解剖》 ：

　　《批评的解剖》被誉为"神话—原型"批评的集大成之作，为原型批评搭建了一个宏伟的框架。在诸多模式和结构中，我们不妨取出"原型意义"（Archetypal Meaning）和"叙述体"（Mythos）比较主要的两组加以分析。

　　原型意义分为五个意象群，分别是神启意象群、魔怪意象群、天真类比意象群、自然—理性类比意象群以及经验类比意象群。神启意象群属于神话的世界，是对人类愿望实现的隐喻表达，代表意象是羊群、牧羊人、生命之树、生命之水、玫瑰、火，组织方式为"同一"。魔怪意象群则与之相反，展示一个愿望被否定的世界，充满食人妖、蜘蛛、狼、虎、龙、蛇、无花果、死亡之树、独裁者等丑恶的意象，组织方式为"吞噬和肢解同类"。

　　在神启意象群和魔怪意象群这两个极点之间，是天真类比意象群、自然—理性类比意象群以及经验类比意象群这三种形态，它们都属于"类比意象群"。其中，天真类比意象群对应浪漫故事，勾勒出一个万物有灵的世界，充满童真，有圣杯、月亮、战马、猎犬、驴子、海豚、花园、绿色森林，组织方式为"追寻"。自然—理性类比意象群对应高模仿，是写实作品中较为理想化的一类，有壮丽的都城、王宫、宝座、皇冠、旗帜、权杖、天鹅、孔雀，组织方式为"众望所归"。经验类比意象群对应低模仿，是写实作品中较少理想化的一类，可以认为表现了人类实际的际遇，代表意象为迷宫般的现代城市、猴子、农场，组织方式为"反讽"。

上述作为原型意义的五种意象群是一切文学作品的基础。弗莱认为，神话的实质是"对以愿望为限度的行动的模仿"，神启意象群与魔怪意象群实际上是人类欲望的终极实现和彻底挫败的隐喻表现。随着抽象理性的崛起，人的幻想渐渐受到压制，神启意象群和魔怪意象群之间出现了作为缓和地带的类比意象群，神话也逐渐向世俗文学过渡，具有原型意义的人物或风景通常只是作为底色间接出现在当代事件和主题的叙述中，比如我们很难分辨出乔伊斯的《尤利西斯》与标题中这位神话主人公存在什么直接的关联。

但文学意象群并不是静止的，而是处于不断循环运动之中的。弗莱从中抽出四种被他称作"神话原"（Mythoi）的原型叙述体——这个词是从亚里士多德那里借来的，指的是虚拟的、非现实的叙事方式。它们模仿自然的秩序与循环，代表对世界进行情节编排的四种模式：春天对应喜剧、夏天对应浪漫、秋天对应悲剧以及冬天对应讽刺。需要注意的是，四种模式在逻辑上是先于传统的文类划分的。如果将四种叙述体结合起来，就构成了一个核心的、统一的"追求神话"，这是弗莱心目中一切原型的主导。在他看来，全部的文学讲述的就是从迷惑、灾难和死亡通往认识和再生的一个大型追寻神话。

第一个是黎明、春天和出生阶段，对应喜剧。这里的"喜剧"一词是指叙述模式从较低的意象群上升到较高的意象群，英雄从低谷开始随着故事的发展上升到更高的位置。叙述体的基本形式是理想世界的和谐秩序被人类的各种愚蠢行为打破并最终恢复，叙述的基本动力就是全新理想社会的形成。叙事一般按六个阶段层次进行：（1）旧有的邪恶社会过于强大，占了绝对的优势；（2）主人公仅仅逃出了旧有邪恶社会但无力改变它；（3）喜剧的标准叙述体；（4）走出经验世界进入天真世界的喜剧叙述体；（5）混乱的低级世界的毁灭和有序的高级世界的建立；（6）幽思的喜剧叙述体。前三个阶段层次类似于反讽，而后三个阶段层次类似于浪漫故事。

第二个是顶峰、夏天、婚姻或胜利阶段，对应浪漫。叙述模式在天真类比意象群内发生，叙述的基本动力是追寻与"杀龙"，主人公从开端性的冒险阶段进入生死搏斗阶段，最后取得胜利并举行欢庆活动。叙述体的六个阶段层次为：

（1）主人公神秘出身的浪漫故事；（2）天真烂漫的青少年的浪漫故事；（3）追寻式的浪漫故事；（4）对天真世界进行护卫的浪漫故事；（5）反思静观式的浪漫故事；（6）幽思和冥想的浪漫故事。前三个阶段层次类似于悲剧，而后三个阶段层次类似于喜剧。

第三个是日落、秋天和死亡阶段，对应悲剧。这里的悲剧不是指叙事基调的悲伤，而是表示叙述模式从较高的意象群下降到较低的意象群。叙述的基本动力是神的死亡，主人公投入复仇行动并遭到报应。叙述体的六个阶段层次为：（1）悲剧中的中心人物被赋予无比的尊严；（2）天真的悲剧；（3）表现悲剧主人公的业绩的完成；（4）主人公因为傲慢和缺陷而走向堕落；（5）因缺乏知识和迷失人生方向而导致的悲剧；（6）震惊与恐怖的悲剧。前三个阶段层次类似于浪漫故事，而后三个阶段层次类似于反讽。

第四个是黑暗、冬天和解体阶段，对应讽刺与反讽。讽刺与反讽的区别在于讽刺的道德准则比较明确，而反讽则完全轻视道德说教。叙述模式在经验类比意象群内部发生，叙述的基本动力是世界的荒谬，在灾难性暴力之下社会或梦想的崩溃。叙述体的六个阶段层次为：（1）低标准讽刺；（2）怀疑主义的讽刺；（3）高标准讽刺；（4）悲剧性反讽；（5）反讽；（6）对精神受到束缚的人生的反讽。前三个阶段层次类似于喜剧，而后三个阶段层次类似于悲剧。

　　四种叙述体构成了两组对立：喜剧的"上升运动"和悲剧的"下降运动"对立；浪漫故事的理想世界和反讽的经验世界对立。但各原型间并不是严格区分的，而是允许以互相交融渗透的形式出现，就像相邻季节之间总有个模糊的过渡：带有喜剧结尾的《威尼斯商人》也是犹太人的悲剧；作为讽刺小说的《格列佛游记》兼具喜剧的奔放生命力与悲剧的残暴恐怖。而从更宏观的视角看，四种叙事体间存在着循环往复关系，尤其是西方文学自神话以来的发展，也是基于这种"循环"展开的：由古希腊罗马神话到中世纪的罗曼史，再到文艺复兴时期的悲剧与民族史诗；随后，一种新的中产阶级文化带来了低模仿模式的现实主义文学，在18—19世纪占据主导地位；20世纪的大多数严肃小说则日趋于讽刺模式。但这并不意味着文学的悲剧性终结，事实上，"如果按从古到今的历史顺序来阅读文学作品，我们就会发现传奇、高模仿和低模仿等模式分别处在移位的神话的系列上，即是说，神话的结构或情节套式逐渐向力求逼真的相反的那一端发展，到了讽刺阶段，又开始向神话回归"①。正如冬天之后又是春天，弗莱认为毫无同情的悲剧性反讽不会永久地占据文学世界的中心，文学将会通过神话回归生命源

---

① 诺思罗普·弗莱：《批评的解剖》，陈慧等译，百花文艺出版社2006年版，第75页。

头并实现复苏。通过他的意象群理论和叙述体理论，我们可以把每部作品都放在神话指定的位置中。但是，作品本身的情况是很复杂的，一部具体的作品往往同时包含了几种叙述体。比如，《堂吉诃德》是浪漫故事、反讽和悲剧；《傲慢与偏见》是喜剧和浪漫故事；《战争与和平》是喜剧、浪漫故事和反讽；《尤利西斯》及《芬尼根守夜》同时是喜剧、浪漫故事、悲剧、讽刺和反讽，这反而让其具有强烈的神话特点。

在循环理论的基础上，弗莱提出"置换"（Displacement）概念。他把文学看作"置换的神话"，因为随着历史发展，文学的主题和素材确实发生着不可否认的巨大变化，但他认为，处于故事深层的基本结构与象征不会成为过时之物，而是披上了新的具有时代特征的外衣，继续参与文学活动。以他分析主人公身边的"谋士朋友"这一反讽人物原型的"置换"过程为例：

> 另一种不抛头露面的重要自贬者形象，是那种负责出谋划策以确保主人公旗开得胜的人物。在罗马喜剧中，这种人物几乎总是"机智的奴隶"（Dolosus Servus）；到了文艺复兴时期的喜剧中，这种人变成了献策的仆从，这在欧洲大陆的戏剧中十分常见。在西班牙戏剧中叫作"丑角"

（Gracioso）。当代观众十分熟悉的这类人物，有费加罗和《堂·乔瓦尼》中的勒波雷洛。这种典型通过十九世纪的一些过渡性人物，逐步演变成现代小说中的业余侦探：属于这类介乎中间的人物有米考伯，以及司各特小说《圣·罗南的井》中的塔奇斯通，二人跟西班牙喜剧中的丑角一样，都跟小丑有血缘关系。P.G.沃德豪斯笔下的吉夫斯更是个嫡系后代。①

这条从罗马喜剧一路延伸到现代侦探小说的"置换"轨迹，体现了弗莱特殊的文学史观。他向我们证明了文学史绝不再是单纯的循环往复，更不是一种单向的线性发展，而是在"同""异"辩证中展开的动态演进，调和了旧的结构形式和新的生产活动之间的矛盾。弗莱在《批评的解剖》中提出的绝不是一种静态和僵固的分类学系统，而是一个高度象征化的动态批评结构。他的最终目的是帮助读者将文学史的共时性和历时性纳入同一个理解框架中，从而在不同时代、不同文化脉络下的文本之间建起一张动态的关联网络。按照弗莱的定义，神话是以愿望为限度的行为。也就是说，神话

---

① 诺思罗普·弗莱：《批评的解剖》，陈慧等译，百花文艺出版社2006年版，第248—249页。

是一个终极世界，是一个完全隐喻的、象征的世界，在这个世界里每一样有限的个体都必须指向无限的本体的世界，他们的命运也总是受到这个本体世界的支配。弗莱认为神话可以被看作文学构思的一个极端，文学构思的另一个极端是现实主义，即那些枯燥地模仿自然的作品。但是，现实主义其实也包含了原型和神话，只不过神话可以直接用隐喻和象征，直接出现永生的神灵，而现实主义则不能直接用它们，只能用曲折的、委婉的、变形的方法来表现。比如，在列夫·托尔斯泰的《安娜·卡列尼娜》中，当安娜乘火车到达莫斯科时，火车轧死了一个铁路搬运工，这明显是一个不祥之兆——因为我们知道后来安娜是卧轨自杀的，这和神话人物出场时天地所出现的异象有异曲同工之妙。现实主义文学和源头性的神话只能相似而不能相同，按弗莱的术语，就叫作"置换"。

我们知道，弗莱建立了文学内部的批评原则，他的方法是把作品放在整个文学传统之中去看主题构思、叙事模式、表达方法以及意象群是怎样在作品和作品之间保持延续性的。从这点来说，他对文学的态度很有意思，文学完全被他纯粹化了，它形成了一个封闭的生态系统，里面的东西总是被循环再利用。文学（或曰神话）是超历史的存在，它使历史崩溃，而文学自己是千篇一律的东西，是主题和叙事模式的不断变形重复。我们前面说到，弗莱认为浪漫故事和现实主义都是对神话的置换移用，正说明了弗莱的这个观点。原型的超个人的普遍价值和规律性出现正说明了文学的规律性。

第四节 •
神话与意识形态 •

　　20 世纪被称为"神话复兴"时代，这一思潮的兴起与
历史语境紧密相关。两次世界大战给西方文明带来了巨大创
伤，自现代以来西方标榜的理性、进步、人道主义等种种话
语，在暴行面前沦为一纸空谈。大量知识分子因而将目光转
向"理性"之外的世界，在对无意识领域和神话时代的探索
中，察觉到看似"过时"的神话思维实际上具有强大而恒久
的力量——它深深内嵌于人类的情感和认知结构，反衬出现
代理性价值的局限和残缺。但也有不少批评家认为，这种将
远古缥缈的神话奉为人类认知结构根基以及文学 / 文化起源
的做法，是对真实历史和意识形态的疏离和否认。特里·伊
格尔顿（Terry Eagleton）就曾批评弗莱："他的著作的一个
标志就是对于实际社会生活的深刻恐惧，对于历史本身的极
度厌恶。"①

---

① 特雷·伊格尔顿：《 二十世纪西方文学理论》，伍晓明译，北京大学出版社 2007
年版，第 90 页。

但事实上，弗莱并没有从时代的紧迫问题中退缩。在目睹 20 世纪诸多伟大作家，包括威廉·巴特勒·叶芝（William Butler Yeats）、庞德和劳伦斯（D. H. Lawrence）等人对法西斯的天真支持后，弗莱认为批评家有责任在"意识形态"与"神话"之间做出清晰的区分。而对于身处神话、历史、意识形态等多种纠缠、冲突的话语场中的"文学"，它到底和这些话语构成了怎样的关系，又怎样确认其自身的主体性，批评家也应当一一厘清解答，这样才能解释为何许多优秀的作家成了意识形态上的"蠢人"甚至"恶人"，阻止文学在后续世纪的进一步堕落。

弗莱的核心观点是清晰的："神话在一种文化中优先于意识形态。我认为意识形态总是次要的和衍生的东西，而主要的是神话。"[①] 他认为意识形态本质上是一种神话的"改编版本"，它从传统神话中提取与自己利益相关的部分，从而将现有的社会秩序美化为诸神的规定与承诺。作为神话的次级衍生物，意识形态却总是渴望倒置因果，让自己的"改编版本"成为唯一的正典和源头，对其他观点予以压制或将其判为异端。但在弗莱看来，无论这种"神话"怎样强加在人们头上、逼迫人们信服，意识形态神话的正当性也只来源于

---

① Quoted in Jonathan Hart, *Northrop Frye: The Theoretical Imagination*, Routledge, 2005, p.19.

统治者的虚假权威，而"真正的神话是我们通过科学、辩证法和诗歌学到的，它解放而不是奴役接受它的人"[1]。

弗莱将"文化传统"放置在意识形态的对立面："当意识形态成为真正的负担时，文化传统则将我们从中解脱出来。"[2]结合弗莱的这段话可以理解所谓"文化传统"的含义：

> 从整体上看，诗歌已不再仅仅是由许多模仿自然的创作堆砌在一块，而是一项人类技艺的整体活动。[3]

在弗莱看来，所谓神话者，乃人原初的虚构想象能力，在虚构过程中一切只能发生在故事之中。他认为神话的核心是叙述体。叙述体的对立面是历史，神话与真实的历史事实、自然属性完全相对。当弗莱说神话是一种叙事文体，其中的某些人物是超人，他们的所作所为"只能出现在故事中"，因此这是一种风格化的或程式化的叙事体，它无法被接受为真实的或者"现实主义的"时[4]，他指的就是这样一

---

[1] Quoted in Jonathan Hart, *Northrop Frye: The Theoretical Imagination*, Routledge, 2005, p.166.
[2] Northrop Frye, *Words with Power: Being a Second Study of "The Bible and Literature"*, Harcourt Brace Jovanovich, 2010, p.60.
[3] 诺思罗普·弗莱：《批评的解剖》，陈慧等译，百花文艺出版社 2006 年版，第141—142 页。
[4] 诺思罗普·弗莱：《批评的解剖》，陈慧等译，百花文艺出版社 2006 年版，第530 页。

种与历史截然相反的东西，是一种仅仅属于故事的东西。在这个虚拟叙事中，一切的人和事都只能发生在故事里。他的使命就是让文学保持自足，使之不受历史的污染。这就是神话和历史的对立。他在《伟大的编码》中说，神话叙述体绝不会是对自然环境的直接反应，比如说星座的神话，在自然界根本就不存在星座这种东西，当一组星星被说成是一只白羊或者是一只巨大的螃蟹的时候，它们和生物界中的羊和螃蟹根本不同，简直毫无相似之处，而把两者联系起来的只有人类的内在想象力，也就是虚构能力。另一个例子是，耶稣被钉上十字架这件事也许是一个历史事实，但这个历史事实并不重要，因为在那个时代被钉上十字架的人有很多，耶稣不过是他们中的一分子。只有我们把耶稣被钉上十字架这件事看作是替世人赎罪时，它才会有意义。也就是说，只有耶稣被钉上十字架不被简单地当作历史而是被当作某种具有强烈象征意味的神话时，它才会直到今天还对我们具有感染力。可以看出，弗莱常常在广义上运用"神话"这个词，某种程度上也就是"纯文学"的代名词。当叙述体不单单是对个别行为的模仿，而是对人类行为（比如说人的梦幻和仪式）的模仿的时候，它就形成原型。这和荣格所说的心理层面上的原型是有很大区别的。弗莱认为，从纯文学层面上看，原型就是虚拟叙述体中可交际的成分（Communicable

Unit)，它的作用是把一部作品和其他作品联系起来。我们在读一部作品时，我们读到的总是比一部作品更多的东西，我们和文学的记忆进行了沟通，原型批评把各时代各种类型的作品都纳入一个整体的结构之中。换言之，弗莱认为文学在以一种特殊的方式组织和生成自己的历史，这种历史不受现实时间的逻辑支配，它允许旧有的文学惯例、神话符号在新时代的文本里再次现身，形成一个新旧融通的复杂序列。弗莱心目中的文学如同一条在"标准历史"之外兀自流淌的河，意识形态的粗暴逻辑无法对它造成干扰，它却可以"创造出一种反环境的文化，扭曲或改变权威的意识形态"。从文学和意识形态中，弗莱看到了两种截然不同的语言：一种是文学中通行的以隐喻为核心的诗意语言，另一种则是意识形态所用的命题性语言。诗意语言向我们传递出超越意识形态的命题，并且不断地与缺乏想象的命题性语言做斗争，给文学读者带来思想上的解放。

弗莱还告诉我们，文学不仅能为过去的历史提供一种有别于意识形态的解释，还能为人类文明的未来提供启示。许多现行批评只知审视过去，因而对文学的这项潜能缺乏认识。只有建立一种将历史批评和伦理批评结合起来的批评方法，打通文学的过去和现在，才能将文学放在整个文明的历史中思考，思考文学是如何表现人类对将来的愿景的，以及实现这种愿景的动力源自哪里。弗莱说：

　　文明并不是仅仅模仿自然，而是人类把自然完全塑造成符合自己形式的过程，而推动文明的力量便是刚才我们提到的欲望……欲望是充沛的精力，促使着人类社会去逐步创造自己的形式……欲望是一种催促艺术表现的推动力，但若不赋予表现的形式，诗歌就不会释放这种力量，诗篇的表现也只能停留在杂乱无章的状态。同样道理，欲望的形式是由文明解放出来，使之引人注目的。文明的有效成因是工作，而诗歌就其社会性方面而言，具有表现的功能，也即作为一种语言的假设，去展示工作最终目标的境界和人们欲望的形式。[1]

　　换言之，文学和文明依赖同一种发展动力，那就是改造自然、使其符合自己的欲望。这里的"改造自然"不是指开拓城镇、建造花园等物质意义上的营造过程，而是指一种对现有生存条件和社会状况永不餍足的情绪。城镇和花园在完成建造后"自身变成了自然形式……人类在银河中建造着一个个城郭"[2]。古往今来的一切文学也都诉说着人们的欲望和梦幻，比如希腊神话中描写的神明你争我夺，实际上就是

---

[1]　诺思罗普·弗莱：《批评的解剖》，陈慧等译，百花文艺出版社 2006 年版，第 151—152 页。

[2]　诺思罗普·弗莱：《批评的解剖》，陈慧等译，百花文艺出版社 2006 年版，第 170 页。

对人类欲望的模仿。弗莱似乎延续了 18 世纪意大利学者维柯（Giambattista Vico）的观点，他认为，人类历史上的各种福祉都归功于人类自身的劳作和创造而非神的赏赐，人类所作的神话和诗，就是对自己创造自己历史的过程的记录，反映了每个历史阶段人类的心智活动和现实生活。在弗莱这里，文学不仅是对过去人类欲望的记录，还包含着对未来的许诺，勾勒出我们始终有欲望但从未真正到达的社会理想：一个无阶级的社会，人类将在那里实现自我教育和自我解放。这种许诺和上帝无关，它完全是出于人类自己对"精神自由的决定性行动的愿景，关于人的再创造的愿景"。这样看来，文学就是一部世俗的启示录。

詹姆逊认为，弗莱为我们揭示了文学最根本的创造和解放功能，这是他胜过一般神话批评者的伟大之处。但他不赞成弗莱面对不同时代的文本时，总是"意图过滤出历史差异及其文化表现形式的彻底不连续性"[1]，一味强调文本之间的近似感。比如，詹姆逊在司汤达的《红与黑》中看到了传奇叙事的拯救逻辑与资本主义社会的历史感之间无法调和的矛盾。书中的一个细节说，于连在绞刑架上发现了一张预示着自己被绞死的命运的报纸。这是古代传奇中常见的"预示

---

[1] 弗雷德里克·詹姆逊：《政治无意识：作为社会象征行为的叙事》，王逢振、陈永国译，中国社会科学出版社 1999 年版，第 119—120 页。

奇迹"，但放到现代世俗社会里看，则显得像是个人的迷信。相信神秘力量的中世纪，与日趋世俗化、理性化的现代，成为小说中两个无法调和、互相干预的系统，加深了我们对历史差异的感觉。但弗莱往往更强调不同文本间素材、文类以及主题上的一致性，尤其是它们对某种"普遍欲望"的共同体现，证明文学以其超越时空的永恒普遍性战胜了意识形态。可以认为，弗莱和詹姆逊的文本分析倾向体现了乌托邦思想和意识形态思维之间的区别：前者在文学或者理论层面描绘出对普遍价值和社会集体统一的愿景；后者则更强调物质世界的社会冲突、阶级斗争以及在对抗中积蓄变革力量。这是弗莱与左派批评家之间难以调解的冲突。[①] 然而，弗莱认为一切文学文本都反映了人类对乌托邦生活的恒定欲望，这种对"文学无意识"的发现，的确为詹姆逊的"政治无意识"学说带来了启示。

弗莱反复强调文学与意识形态之间的对立，以及后者的超越性作用，这与 20 世纪 60 年代后越来越强调文学的"社会介入性"、关注文学与意识形态之间关联的倾向貌似背道而驰。弗莱试图告诫我们，文学从属于意识形态并不是某种革命或后现代的立场，而恰恰是对古来惯例的延续。文学一

---

① 谢少波：《抵抗的文化政治学》，陈永国、汪民安译，中国社会科学出版社 1999 年版，第 90—91 页。

直被视为哲学、神学等一系列话语的附属物，因此才有了历史上西德尼、雪莱、王尔德等人一遍一遍"为诗辩护"，试图捍卫文学的自主性。人们总认为文学中的创造性和想象力在物质力量面前不值一提，但在弗莱看来，它们才是人类文明赖以发展的不竭动力。现在弗莱接过了这份传统而艰巨的"诗辩"事业。他建构起宏伟批评体系的目的之一，就是证明文学具有反对和超越支配性意识形态的潜能，有它自己不可被取代的力量。用茨维坦·托多洛夫（Tzvetan Todorov）的话来说，在弗莱那里，文学"不是科学的贬值形式，也不是世界的描述，而是社会价值的表达，是一个想象的世界"[1]。文学提供了社会的乌托邦维度，"不只是文学离不开社会，社会也离不开文学"[2]。在这个意义上，弗莱对文学的社会意义寄予了厚望，文学是对社会最深刻的介入。

---

[1] 茨维坦·托多洛夫：《批评的批评——教育小说》，王东亮 、王晨阳译，生活·读书·新知三联书店 2002 年版，第 119 页。
[2] 茨维坦·托多洛夫：《批评的批评——教育小说》，王东亮 、王晨阳译，生活·读书·新知三联书店 2002 年版，第 119 页。

第五节
弗莱之后的原型批评

　　《批评的解剖》体大思精，将原型批评推至成就的顶峰。此后的批评大多是围绕其原型理论展开的。

　　首先，"神话—原型"批评在全球的翻译和流通中打开了批评的地理格局。我们发现，弗莱的原型批评尽管体量恢宏，但大体上仍是以纵向考察模式进行的，其意义是发掘西方文学中的共通模式和起源，较少关注西方以外的文学作品。文化多元主义的兴起，催生和启发了原型批评的横向考察模式。批评家们开始将来自异质性文化的文本纳入研究范围，既拓展了批评的外延，也可以从中勾勒出不同文化间的关联与差异。20世纪80年代，弗莱的批评理论传入中国后，学者叶舒宪就在《中国神话哲学》里使用原型批评的方法考察中国神话中的哲学意义，其既关注到人类思维的跨地域同构性，也指出"中国式本体观"与"西方形而上学"之间思维方式的不同。这是原型批评和中国本土的文学经验结合得较成功的例子，也是对弗莱的欧洲中心视角的一种"非欧洲"的补充。

在新兴的跨学科文化研究中，原型批评也给其他人文领域带来了影响和启示，史学界的"新历史主义"就是一例。新历史主义的代表批评家海登·怀特（Hayden White）就得益于弗莱对神话、历史、小说的区分，他认为传统观念中历史与虚构、事实与幻想间的对立二分应当拆除。正如弗莱所说："当一个历史学家的规划达到一种全面综合性时，他的规划就在形式上变成神话，因此在结构上接近诗歌了。"海登·怀特也认为，历史其实是一个包含虚构因素的文学文本："如果我们把历史事件当作故事的潜在成分，历史事件则在价值判断上是中立的，无论它们最终在故事里是悲剧、喜剧、传奇或讽喻——我们姑且使用弗莱的范畴——这全取决于历史学家把历史事件按照一种而不是另一种情节结构或神话组合起来的做法。"①

基于这一假设，怀特借鉴了弗莱的四种叙事模式，总结出历史学家进行历史叙事的几组概念模式，包括情节化模式：（1）传奇的；（2）悲剧的；（3）喜剧的；（4）反讽的。论证模式：（1）形式论的；（2）机械论的；（3）有机论的；（4）情境论的。意识形态蕴涵模式：（1）无政府主义的；（2）激进的；（3）保守主义的；（4）自由主义的。怀

---

① 海登·怀特：《作为文学虚构的历史本文》，张京媛译，载张京媛编：《新历史主义与文学批评》，北京大学出版社 1993 年版，第 164 页。

特希望我们认识到，历史未必是一个具有统一解释的"客观事实"，而是历史书写者基于上述几个叙事模式自由编排的结果。同样的历史事件，比如法国大革命，在兰克（Leopold von Ranke）那里可能是喜剧，在托克维尔（Alexis de Tocqueville）笔下就成了悲剧。由此可见，任何看似"唯一""权威"的历史解释，其实也只是弗莱所说的"原初神话的改编版本"。历史本身是一个具有一定想象性和虚构性的叙事体，因而是允许多样化的自由解读的。

20世纪中叶，后结构主义思潮的出现促使了对原型批评的重新评估。沿着后结构主义的思路看，原型批评最核心的特征就是依赖一种"中心假设"。整个文学文化的运动和变迁，都是围绕"神话原型"这个基点展开的，而神话的概念本身则具有稳定、统一的性质。有些批评家因而认为，弗莱在用神话攻击意识形态的同时，似乎不自觉地将神话推向了意识形态的位置。

与这种强调"中心"的思维模式相反，雅克·德里达在《人文科学话语中的结构、符号和嬉戏》一文中提出了"解中心化"（Decentering）的理论。他认为结构主义者总是提出一个稳固的"中心"、一个恒定的在场（Presence）来保证系统的一致性，使得系统中每个符号处于稳定的位置，具有确定的意义，并禁止其脱离结构自由嬉戏。整个西方思想史正是一种不断用中心替换中心的历史，比如弗洛伊德一度拆解了"笛卡儿式主体"这个中心，又用"无意识主体"替换了它，如此旧去新来，却始终没有动摇结构的基本原则。唯有当认识到"中心"本身就是一个缺席的先验能指时，符号的嬉戏才能从结构中解放出来。符号的意义也不再受到结构管制，而是从不同符号的差异中浮现。以后结构主义学者罗兰·巴特的《神话学》为例，在他这里，神话不是一种现成的对象和概念，而是一种在媒介和大众文化中不断出现的"言说方式"，一种植根于主流意识形态或政治秩序的、将人为的文化产物伪装成自然物的"神话化"（Mystification）过程。因此，他的神话学说到底是一种"拆解神话"的工作，体现了德里达所说的"解中心化"趋势，和弗莱的价值取向逆向而行。

其次，"中心假设"的提出总是伴随着结构化行为，进而导致对"多元"的压制。尽管《批评的解剖》涵盖了数量惊人、体裁芜杂的文本，但我们很难将这部著作看作是"多元主义"的，因为弗莱的目的是建立一种结构，打破多元文本间的差异与障碍，将其纳入一个以原型为中心的总体模式中。如果我们对比巴特在《S/Z》中的工作，就会发现巴特在解读巴尔扎克（Honoré de Balzac）的小说《萨拉辛》的过程中，同时抛出"五种符码"系统，时而进行语言学阐释，时而转向人物行动分析，接着又去处理文本中的象征。而巴特真正想说明的是，"没有什么'基本的''自然的''本原的'批评语言。从一开始被创造出来，文本就是多种语言的"①。换言之，设立单一的批评系统才是违背了文本本身的多元复合性。巴特希望看到的是分析过程中文本意义从这种或那种系统中灵巧地溢出或滑走："分析之空白未决与模糊散漫，恰似标识着文本逐渐消失的踪迹。"② 这也就是德里达所说的"中心缺席"后的景象，符号在系统之外自由嬉戏，用无限的差异代替了结构化的统一。

　　尽管弗莱的原型批评在与"后"思想的比照下显得体系单一、受制于"逻各斯中心主义"，但这并不是说，"神话—原型"批评已成为文学批评史上一个封闭和过时的篇章，可以弃之不顾。德里达也曾表示，超越哲学的通路并不在于把哲学这一页翻过去，而在于继续以某种方式阅读哲学家们的著作。那么，如果我们继续阅读原型批评，就会发现这其实是一种特点与弱点互成表里的批评模式。建立"中心原则"是文学批评实现专门化和系统化的必需手段；"化多为一"的思维帮助研究者超越孤立的文本，形成既见树又见林的整体性文学视野；"置换论"则体现了文学试图超越由意识形态支配的标准历史构建自身历史的一种尝试。尽管目前的研究态势更强调文学中差异与离散的一面，弗莱也曾叹息"演

---

① 罗兰·巴特：《S/Z》，屠友祥译，上海人民出版社 2000 年版，第 215 页。
② 罗兰·巴特：《S/Z》，屠友祥译，上海人民出版社 2000 年版，第 84 页。

绎综合的伟大梦想——其中信仰和知识不可分割地联系在一起——似乎正在消失"①。但原型批评用它自己的方式提醒我们，世界文学体系中始终存在某种程度的交会与贯通，一种合格的批评工作必须是在"异"和"同"的辩证思维中展开的。

研讨专题

1. 为什么说"神话—原型"批评是一种宏观的形式主义批评？

2. 怎样理解弗莱所说的叙述体，其在理论上的意义是什么？

3. 为什么说"神话—原型"批评既反对文学的社会性，又在更深的层面上具有社会价值？

4. 如何理解后现代时代"神话—原型"批评的价值？

拓展研读

1. 诺思罗普·弗莱：《批评的解剖》，陈慧等译，百花文艺出版社 2006 年版。

2. 吴持哲编：《诺思洛普·弗莱文论选集》，中国社会科

---

① 诺思洛普·弗莱：《批评之路》，王逢振、秦明利译，北京大学出版社 1998 年版，第 70 页。

学出版社 1997 年版。

3. 诺思洛普·弗莱:《伟大的代码：圣经与文学》，郝振益、樊振帼、何成洲译，北京大学出版社 1998 年版。

4. 海登·怀特著，罗伯特·多兰编:《叙事的虚构性：有关历史、文学和理论的论文（1957—2007）》，马丽莉、马云、孙晶姝译，南京大学出版社 2019 年版。

5. 荣格:《心理学与文学》，冯川、苏克译，生活·读书·新知三联书店 1987 年版。

6. 王宁、徐燕红编:《弗莱研究：中国与西方》，中国社会科学出版社 1996 年版。

7. 叶舒宪选编:《神话—原型批评》，陕西师范大学出版社 1987 年版。

第五章

解释、语文学和人文主义

　　语文学是欧洲一门古老的学科，从传统上说，它是以古希腊语、拉丁语为对象的古典学研究；到了现代，它主要研究各种语言的结构、关联以及起源、演化。不过，语言本身并非语文学的关注重点，其重点关注的是以语言为载体的各种文学文本。语文学以分析、解释文本为己任，对文本的分析并不受制于现代科学化的语言学整理过的句型和语法，而是力图理解这些文本所记录和传承的丰富多变的社会生活和文化的历史形态。语文学的这一路径也让它通向了人文主义。对语文学身上蕴含的人文主义愿景的发掘主要是由 20 世纪之后的一批知识分子——主要是奥尔巴赫和萨义德——完成的。他们意识到，语文学的基本方法，即对人类在特定历史之中所创造的文本进行耐心、沉潜的阅读和全面、细致的解释，有助于克服我们这个时代粗暴的单一化、观念化倾向。同时，其对人类所创造之物从根底上的信任感，又让语文学区别于各种基于解构的"后"思潮。

第一节 •
　　　　　　　　　　　　　　　　•
现代语文学的兴起 •

　　要是给语文学下个定义的话，它指的是通过对文本的研究和批评，还原文本的语言和历史语境，以重构和理解文本本来意义的一门学科。索绪尔对语文学的任务有着精准的描述，即"针对文本进行校订、阐释和评论"[①]。总的来说，一个合格的语文学学者，需要进行语法（Grammar）、词典编纂（Lexicography）、来源和文本批评（Source and Textual Criticism）、书目（Bibliography）、收集技巧（Techniques of Collecting）等方面的艰苦训练。

　　在把语文学从一种皓首穷经的冬烘学问中拯救出来，使之具有"现代"意义方面，18 世纪的意大利学者维柯起到了至关重要的作用。在维柯看来，历史不是事实的堆砌，而是基于人类对所发生过的事情的想象。倘若我们要分析这种想象的深层模式或结构，就要使用语言学或诗学的方法。重

---

① Ferdinand de Saussure, *Course in General Linguistics*, in Charles Bally and Albert Sechehaye, eds., Wade Baskin, trans., Philosophical Library, 1959, p.1.

要的是，维柯开发了一种非常超前的意识，他完全把历史看作一种文本，认为对该文本进行主题、意象、结构、类型等方面的分析是头等重要的事，文本之外的现实存在反而成了次要的，或者说，这些事实也必须被"文本化"之后才有意义。换句话说，就是将历史置入语言的限度之中。美国历史学家海登·怀特非常欣赏维柯的这种态度，他把维柯的历史叙事方式总结为四种修辞方式：隐喻、换喻、提喻和反讽。怀特说："意识，特别是语言，在人与世界——不论是社会的，还是自然的——之间的关系中起着至关重要的调节作用。语言，在维柯看来不仅仅是实践界的语言再现，即物质世界及其物质间真实关系的再创造，而是一种多产的、创造性的、积极的和创新的力量。"[①] 维柯对后代的语文学研究，尤其是德国的解释学和罗曼语语文学研究者产生了深远影响，如狄尔泰（Wilhelm Dilthey）、尼采（Friedrich Nietzsche）、伽达默尔（Hans-Georg Gadamer）、奥尔巴赫、斯皮策（Leo Spitzer）和库尔提乌斯等。

我们必须区分两种类型的语文学：一种是狭义意义上的，即欧洲古典学意义上的对希腊语和拉丁语伟大作品的研究；另一种是广义意义上的，即对任何以语言为介质的艺

---

① 海登·怀特：《后现代历史叙事学》，陈永国、张万娟译，中国社会科学出版社2003年版，第195页。

术作品的解释和研究。这两种类型不是截然分开的，实际上，后者来源和依赖于前者。但本书会更多地在后一种意义上讨论语文学，因为只有把语文学从一个特殊、具体的方法论和学科领域中解放出来，它才能成为适用于所有文学文本的一般性的解释体系。所以，在广义意义上，语文学成为我们通常所说的"文学批评"的一部分。只不过它更加强调对文学文本健全、丰富的理解，而要想达到这一目标，又和狭义的、古典学层面的语文学理想分不开。因为古典语文学追求的是最大限度获取文本的"原意"，即在精通作为研究对象的语言的基础上，通过艰苦的排列、比较和分析，确定其固有形式和独特本质，从而对其做出全面、正确的解释。所以，就算仅仅作为一般性的解释体系，语文学也必须能有效地揭示文本的审美品质、作者的心理结构，乃至时代的精神。唯有如此，文学研究才能同业余阅读区别开来——因为后者总是受到阅读者自己的主观感受和所处时代的成见、假设和传统左右。

举例来说，胡塞尔（Edmund Husserl）现象学的"本质直观"（Wesensschau）方法对现代语文学影响甚大。库尔提乌斯把自己的语文学研究称为"文学现象学"，他不满概念化的"文学史"（如古典主义、浪漫主义这样的抽象分期），也反感哲学化的文学研究。他强调广泛阅读和仔细观察的重要性，只有回到文本这一"事实"本身，给予细节最大的尊重，并且以实证主义的态度保证研究是一种"知识"而非个人趣味，才能深入文学的具体结构中。而在罗曼·英加登（Roman Ingarden）那里，研究者要脱离自己在心理学上的主观意识，使文本"现象"摆脱各式各样先在观念的侵害，成为具有独特审美价值的整体。在他看来，文学文本是包含了不同等级的意义单元的多声部合唱，这就为后来者对它持续不断的解释留下了空间。一部文学作品的"生命"在某种程度上是这些解释的总和。作品本身所包含的意义的多元可能性和在历史中形成的形形色色的解释之间的呼应形成了"主体间性认同"。这使得文本既保持了自身的特殊结构，又呈现出一种开放性，与不断变化的历史、文化语境产生着多种多样的联系。

尼采申明了语文学的"工匠"性。他说："语文学是一门让人尊敬的艺术，对其崇拜者最重要的要求是：走到一边，闲下来，静下来和慢下来——它是词的金器制作术和金器鉴赏术，需要小心翼翼和一丝不苟地工作；如果不能缓慢地取得什么东西，它就不能取得任何东西。"[1] 不妨说，语文学是一门实事求是的"朴学"，有赖于实践者丰富的知识和娴熟的手艺，但这背后有着"理学"的大义，即要求人们要正确、全面地理解世界，尤其是理解世界那些不完整的，被

---

[1]　尼采：《朝霞》，田立年译，上海文化出版社 2021 年版，第 9 页。

刻意掩饰、曲解的内容。在这个意义上，语文学对文本的阅读必然是缓慢、细致的。如格利桑（Édouard Glissant）以充满诗情画意的语言所描绘的那样：

> 他们梦想着在红山的风中敞开的小屋，或在县城中迷失的壁炉、火堆、烟囱，或在猴面包树下太阳慢慢落下时缓慢讨论，所有这些地方都可以让人独处，或者有意地走到一起，这是那些思考自己语言的人的阅读，严肃而激烈，像希腊黄昏时飞翔的猫头鹰或马达加斯加的水牛，没有水蛭群可以打扰。[①]

---

① Édouard Glissant, *Treatise on the Whole-World*, Celia Britton, trans., Liverpool University Press, 2020, p.103.

第二节 •
细读与解释 •

　　语文学和对文学文本的解释紧密相关。卡勒（Jonathan
D. Culler）认为，在文学研究中存在着诗学和解释学的对立。
诗学研究的是文本造成的某种意义或效果是怎么达成的。而
解释学则把文本看作一个曲径通幽、神秘莫测的隧洞，力图
发现新的、更好的解读方式。打个比方说，如果我们面前的
文本是杜甫的《江南逢李龟年》，那么诗学的路径就是先把
意义固定下来，如确定这首诗的主题是"抚今追昔"，然后
从修辞手法上分析这个主题是怎么被一层层渲染出来的。解
释学的路径却与此不同：它首先关注到的是这首诗不是"抚
今追昔"那么简单，而是有着对时代的追忆——那个繁花似
锦，对即将到来的灾难懵懂无觉的开元盛世，以及随之而
来的对繁华易逝的感受（虽然眼前有"好风景"，但季节到
了"落花时节"）；其次，相逢在以前本来是"寻常"的事
（"寻常见""几度闻"），但随着战乱带来的变迁，这种
"寻常"的事也有了新的价值，变成了珍稀之物。要是我们
承认，文本的意义很难一望即知，我们往往要将其和当时的

思想、历史、文化和生活形态结合起来。如果进行深入的、多方面的探讨，那么解释学的方式确实在一定程度上比卡勒所说的诗学的方式更有吸引力一点。这可能就是古老的语文学在现代仍有其生机和活力的重要原因。

在语文学语境下，解释有两个不可或缺的出发点。第一，客观性。解释要求研究者进入语词内部的语言过程中，研究者应当舍弃自己，屈服于文本本身，避免先入之见。可以说，要获得正确的解释，首先要摆脱的就是自己的世界观。第二，灵活性。比起其他文艺形式——如影视、建筑、雕塑和绘画——词语具有更高的活性和更深的内涵。以词语为载体的文本能更好地激发受众的想象力，对它的解释也是更多元和多变的。这可能就是中国将"philology"译为"语文学"而不像邻国日本那样将其翻译成似乎更好懂的"文献学"的原因。因为"文献学"的说法有较强的实证科学的味道，但语文学除了实证，还是基于解释的。也就是说，虽然针对同一文本，不同研究者、不同时代都会有不同的解释，但解释的目的在于领悟和体验，感知文本的独特审美品质，感知它所包含和象征的历史中的人的生活/生命形态。

保罗·德曼（Paul de Man）曾以鲁本·布劳尔（Ruben Brower）教授的文学精读课为例，谈到了文本细读对解释的重要性。在这门课程中，学生的发言和写作必须基于"书页上的文字"本身，他们的所有主张都必须以文本中切实出现的语言的特定用法为基础，而不能避重就轻地跳到某种时髦理论或者普遍性观念中去。因为在阅读中，我们往往面临这样的情况：一旦被某个奇特的句法或缠绕的表述困住，就援引一种既成观念来掩盖或者驱逐自己的困惑，而不能直面并解决困惑。德曼提出，如果不能得到具体文本细节强有力的支持，我们就不能说任何话。

这就涉及文本解释中的一个关键问题：如何确定解释的可信性和可靠性？如果像俗话说的那样——"一千个人有一千个哈姆雷特"，那"解释"必将堕入相对主义的虚无深渊。在此，有必要回溯一下德国解释学之父施莱尔马赫（Friedrich Schleiermacher）的相关说法。施莱尔马赫认为，为了理解一个文本，解释者必须同时考虑作者的内心想法和他在写作时使用语言的方式。所以，这一过程既是心理的，也是语法的。解释的历史维度不可或缺，包括了解作者写作的语境，以及文本的原始读者群如何理解其语言。在某种意义上，研究者甚至比作者本人更能理解作品，因为他会更加全面、综合地思考它，如确定它产生的原因，以及发现它和类似体裁的其他历史文本的同一性。总之，解释学不是一门完美的艺术，但必须通过对文本的历史—文化位置的敬畏来把"误解"的可能性降到最低。

由施莱尔马赫开创的德国解释学传统在罗曼语语文学中结出了硕果，其中的一个关键人物是斯皮策。他清楚地阐明了语文学和解释学之间的关系——"语文学建立在这样的假设上，即世界上所有的人基本上都是一样的，而现代评论家通过他的训练和研究，能够接近，也许还能恢复，在另一个时间和地点创作的艺术作品的原始'含义'"[1]。基于德国浪漫主义有机论，斯皮策将"语言"和作家的"灵魂"紧密结合起来。他认为，语言是作家的灵魂的必然呈现，对文体的细致观察使研究者可以推测出其灵魂的成分。为了达到灵魂和文字的统一，他提出了"语文学的循环"，即语文学的分析首先从文本的细节开始，比如说，某人戴着一条五彩斑斓的领带，然后提出一个假设，这个人这么打扮是为了突出自己的个性，下一步是寻找其他细节验证这一假设是否成立。所以，循环就是从细节到整体，然后回到细节的"钟摆运动"。总之，斯皮策要在变化无尽的文本语言迷宫中寻找某种统一的意义或世界观，比如在拉伯雷（Francois Rabelais）作品中发现真实与虚构、喜剧与恐怖之间的恒久的张力关系。当然，后代的学者会觉得斯皮策一定要从语文学观察中推导出某种世界观的做法过于简单化。但恰恰是这种做法让他和诸种现代批评观念区别开来，确立了他的批评个性。

首先，斯皮策强调艺术批评的内在性。在对默里克

---

[1]　Leo Spitzer, "Understanding Milton", *The Hopkins Review*, 1951, No. 4, p.16.

（Eduard Mörike）的著名诗句"Was aber schon ist, selig scheint es in ihm selbst"（美的东西，但见福乐自足）的解释上，他强烈反对海德格尔认为"scheint"（表现出、呈现出）一词表示"lucet"（显现、发光）的看法，因为这是将艺术品简化成了思想的载体。就像布劳尔一样，斯皮策极力坚持文本对理解所施加的限制，以至于对所有脱离文本的推测都很反感。其次，他反对形式主义化的批评。尽管其看起来和英美新批评的"细读"主张非常接近，但他对于现代批评过于技术化的趋势表示担心。在他看来，像燕卜荪（William Empson）那样追求意义最大限度的模糊性和包容性的做法，其实陷入了相对主义的旋涡。语文学的目标，不是沉溺于玩赏字词的多种可能性，而是坚信我们能够还原文本原初的统一意义。就像织毛衣，拉出一根根单线，是为了得到一整个线团。他尤其看不上新批评对于"意象"的单独突出："当代批评家对意象的夸大依赖，忽略了诗歌的其他元素……结构、思想、心理在任何适当的解释中必须扮演至少与意象同等的角色。"[1] 他质问到，在分析《神曲》时，怎能把意象从作品不可侵犯的有机体中分离出来？斯皮策认为，这都是现代批评的反人性化趋向的后果，任何时候我们都不应忘记，

---

[1]　Leo Spitzer, "Marvell's 'Nymph Complaining for the Death of Her Faun': Sources Versus Meaning", *Modern Language Quarterly*, 1958, Vol. 19, Issue 3, p.232.

作品折射出的人活生生的生命形态："我们确实到了这样的地步：安静的去人性化的文学批评专业人员认为他有责任处理'意象'和类似的专业、技术或语文学问题，而排除了人的因素，而人的因素是所有诗歌的底层。"[1]

孔尼格总结出了语文学解释中两个基本的冲突：第一，价值判断和客观性的冲突。语文学的复杂性在于，它既是诗的，又是科学的——"人们可以颂扬荷马的诗艺，然后在研讨会上对荷马史诗的统一作者身份提出异议"[2]。第二，历史兴趣和审美兴趣的冲突。这里的问题是，对历史文本的理解在多大程度上与研究者先入为主的审美或理论思考相联系？如何通过对文本的历史—文化定位来防止审美兴趣预先决定我们的理解？20世纪60年代发展出了一种"批判解释学"（Critical Hermeneutics），其代表人物是"里尔学派"的波拉克。波拉克试图融合这些冲突的路径：一方面，在欣赏文本美学价值的同时对其进行实证的、考据性的重构；另一方面，具有文本意义的个性化的假说必须受到文本的解释史的制约，并与其进行持续对话。这一新论点不仅让解释免于变成解释者的主观臆断的产物，还进一步暗示了那些解释史

---

[1]　Leo Spitzer, "Marvell's 'Nymph Complaining for the Death of Her Faun': Sources Versus Meaning", *Modern Language Quarterly*, 1958, Vol. 19, Issue 3, p.233.

[2]　Christoph König, "The Intelligence of Philological Practice: On the Interpretation of Rilke's Sonnet 'O komm und geh'," in Sheldon Pollock, Benjamin Elman and Kevin Chang, eds., *World Philology*, Harvard University Press, 2015, p.290.

中的冲突，可以被认为是由作品自身的潜力所导致的。在某种程度上，作品参与了对自己的"批判"——这样一来，"创作"过程和"解释"过程又融合在了一起。此外，由于作品的"个性"和其漫长的解释（批判）史水乳交融，它也获得了自己的"普遍"性。打个比方，里尔克（Rainer Rilke）的十四行诗《哦，来了又去》的开头几句是：

哦，来了又去。你，几乎还是孩子，

在那一刻，将舞姿补全到

那些舞蹈之一的纯粹星座中，

在其中，我们转瞬之间超越了

沉默有序的自然。唯有俄耳甫斯歌唱时

她才倾力起舞，凝神谛听。

尽管这几句诗神秘莫测，但以第一句"哦，来了又去"（O komm und geh）为例，在后代的解释史中，这组简单的动作被赋予了三种理解：表达了舞蹈的姿态；隐喻了生和死的对立；象征了各种相反的状况，如星座的闪耀和熄灭、玫瑰的盛开和枯萎、镜子的收集和反射等。这些解释虽然看上去十分随意，但都能在诗中找到坚实的依据，而且从不同方面说明了诗的深义。比如，诗中出现了俄耳甫斯，他不仅是艺术的至高代表，而且曾从阳间到达冥界。所以说这首诗包含了生命中各种对立、相反的状态，并不牵强。还有，诗中的"补全"一词原文为"Ergänze"，意为以某种方式让某物完成，使之整合。研究者们进入文本的路径各有不同，但基本都认可在这些诗节中，舞者"来了又去"的舞姿蕴含着宇宙精神，超越了自然的沉默自持，通向了更高的"整体"性。这个例子很好地说明了文本的生命包含了对它的大量解释，同时还让我们意识到，解释不能逾越文本语言可能性的限度，否则就不会有真正的论争。

第三节 •
审美与历史 •

　　库尔提乌斯认为，语文学是所有历史探究方法的基石，
"对于思想学科，它的重要性堪比数学对于自然科学的意
义"①。虽然他一再强调自己的方法是"把文学孤立对待"
和"把文学当文学"（Treat Literature as Literature），但这种
提法的真实用意是防止文学被简化为哲学观念的注脚或社会
话语的传声筒。他借用莱布尼茨（Gottfried Wilhelm Leibniz）
的话说，世上有两种真理：一种是只能靠理性把握的逻辑真
理；另一种是事实真理，这种真理无法用逻辑演示，只能凭
借经验获得。语文学因其最大限度地保留了人类经验还未被
组织化、抽象化的原初性、鲜活性和多样性，成为获得事实
真理的最佳渠道。从这点上说，语文学堪称"历史学科的
婢女"②。

　　维柯指出："（人类或历史中的）事物的性质不过是它

① 恩斯特·R.库尔提乌斯：《欧洲文学与拉丁中世纪》，林振华译，浙江大学出版社 2017 年版，第 580 页。
② 恩斯特·R.库尔提乌斯：《欧洲文学与拉丁中世纪》，林振华译，浙江大学出版社 2017 年版，第 580 页。

们在特定的时间和特定的方式中出现。每当时间和方式是如此这般时，事物就会以这样而不是其他的样子出现。"[1] 对维柯而言，诗等同于历史，诗反映了其所在社会的文化样式。荷马是不是真的在物理意义上存在过并不重要，重要的是荷马史诗寄托了希腊人的文化理想，反映了希腊人的生命状态。这一说法启发了 18 世纪之后德国学界流行的精神史（Geistesgeschichte）研究。狄尔泰认为，不同的历史时期有不同的"生命体验"（Erlebnis），每一种体验都是相对的。在语文学层面上，学者在研究过去的文学文本时，面对的实际上是书面性的过往生活／生命形式。说到底，文学是人类生活形态的一种形象性体现和精神性表达，我们可以从中窥见它所反映和嵌入的历史、文化母体。换句话说，我们要将对文学作品审美价值的判定与它对人类生活的独特表现紧密地联系在一起。用默伦多夫（Ulrich Wilamowitz-Moellendorff）的话来说，语文学的任务，是"通过知识的力量，让那些存在过的生命生活——诗人的歌声、哲学家和立法者的思想、教堂的神圣、信仰者与非信仰者的情感，以及市场与港口、海洋与陆地的多种多样的活动，还有在工作与游戏的人——获得重生"[2]。简而言之，语文学，要让历史

---

① Giambattista Vico, *New Science of Giambattista Vico,* T. G. Bergin and M. H. Fisch, trans., Cornell University Press, 1984, p.58.

② Ulrich Wilamowitz-Moellendorff, *Geschichte der Philologie*, B. G. Teubner, 1959, p.1.

中的人的生活／生命形态得以重现。

区别于各种各样的形式主义说辞，语文学对文学文本的细读自始至终着眼于其关系性，即不是把文本封闭在词语和语法的自足性之中，而是将其置于大的社会网络之中加以解释，并认为这个网络的样貌和性质决定了文本的形成。不过，这并非庸俗的社会历史决定论，而是以语文学特有的"解释"视角进入历史。在此视角中，在任何时候，文本艺术可能性的实现都有赖于各种文化要素的关联和融合，这被称为一个历史的"时刻"。就像尼采说的，人类历史的真相是"一个隐喻和换喻的流动军团"。将历史视为词语和文本，并非对历史真相的回避，恰恰相反，它强调了我们对历史的理解是一项长期、艰难，故而需要大量的学识和耐心的工作。语文学是一门理解的学问，它意识到历史不是罗列一些概要、纲目和关键事实就能被掌握的，相反，历史晦暗不明，其中各种意义冲突的细节相互缠绕，很多信息在当时或后世的话语建构中被刻意地遮蔽、误导。因此，历史文本化或者说"文学"化，是因为比起物质现实和话语秩序，文学文本更加多义、广阔和深入，无法被简化为一目了然的结论和行动纲领，其意义需要被阅读和解释行为不停歇地解码。唯有如此，我们才能理解词语、文本之中所蕴含的真实而丰富的历史信息。所有书面文本都充满了它们自己时代的历史，语文学家的责任是检查它们，并以"一种感觉到的、体验到的、不可能被遗忘的方式来展示过去、现在和未来之间的联系"[1]。

正是在这个意义上，奥尔巴赫把语文学称为一门"历史学科"（Historical Discipline）。他从维柯那里学来了一个道理——在人之中理解人，或者说，学会在历史之中如其所是地来看待人。维柯在《新科学》中强调，人创造了上帝之外的另一种秩序，而每个历史时期的人总是有一种"成见"，即盲目自大地觉得自己所创造的便是真理，甚至觉得已用这种真理驯服了自然。然而，"人的每一次代代相传都提供了一种不同的理论来表达这一成见（人也在用来陈述这种理论的词语的语文学变形和历史变形中感知这些理论的差异），所以，对一个群体的心智而言一时确定的东西，对另一个群体、与前者的时空相分离的群体的心智而言，就另当别论了"[2]。比如说，拉丁语所说的"anima"（空气）到我们这里就变成了"spirit"（精神）。受到维柯的这一精妙论述的启发，奥尔巴赫指出，所谓"过去、现在和未来之间的联系"，指的绝不是某种一脉相承的固化的东西，我们要意识到，"过去几千年的知识和精神历史是人类实现自我表达的历史……语文学关注的正是这段历史"，那些书面文本记录了人类为

---

[1]　Andrew N. Rubin, *Archives or Authority: Empire, Culture, and the Cold War*, Princeton University Press, 2012, p.96.

[2]　萨义德：《开端：意图与方法》，章乐天译，生活·读书·新知三联书店 2014 年版，第 547—548 页。

了发挥自身的潜力而进行的"伟大而冒险的飞跃"。^① 我们在历史的舞台上看到的是前人用心智创造自己的历史和真理时戏剧化的展开形式。这些形式的多样性和深刻性加深了我们对历史的理解。同时,人类的生活／生命图景的上演和对其的解释能够大大激发我们内在精神世界的潜能,让我们与自己的命运和解。奥尔巴赫对语文学和历史的深刻理解,在他的著作《模仿论:西方文学中现实的再现》中说得很清楚:

> 当人们意识到,时代和社会的评判不是以绝对理想的模式概念为依据,而是在每一种情况下以其自身的前提为依据;当人们在这些前提中不仅考虑气候和土壤等自然因素,还考虑智力和历史因素,换句话说,人们就开始对历史动力、历史现象的不可比性以及持续的内在流动性有了认识……最后,人们接受这样的信念:事件的意义不能用抽象和一般的认识形式来把握,理解它所需要的材料不能只在社会的上层和重大的政治事件中寻找,还要在艺术、经济、物质和知识文化中寻找,在日常世界的深处及男男女女中寻找,因为只有在那里,人们才

① Erich Auerbach, *Time, History, and Literature: Selected Essays of Erich Auerbach*, Jane Newman, trans., Princeton University Press, 2014, p.255.

能掌握独特的东西，即被内在力量激活并处于不断
发展的状态的东西。[1]

也就是说，每个时代都有自身的特殊的理解类型，不同
时代的不同文学作品反映的是不断变化着的生活形态，其
所根据的历史"时刻"，更是由多方条件汇聚形成的临时的
"节点"。所以，文学批评是一项历史性的任务，我们唯有深
入这些节点，努力恢复文本的历史语境，才能揭示其原本形
式和独特本质，绝不能死抱着某种关于美和丑的绝对标准。
比如，在 14 世纪以中古英语方言写作的宗教叙事长诗《珍
珠》中，作者突出了寻觅爱人过程中的"感知"力，但这一
感知力是在身体性（嗅觉）、精神性（灵魂）和神秘性（宗
教）三个层面上依次显现的，这种多层次的感知力对中世纪
的人来说是切实的，但如果没有探求历史本相的决心和努
力，生活在科技时代的现代读者很难对此有准确的体会。奥
尔巴赫以但丁为例子说明了这一点，他认为，很多批评家将
《神曲》的成就归功于其诗性之美，贬低教义、主题和体系
的重要性，却忽视了这些东西是诗歌"隐喻的丰富光芒和诗
句的神奇音乐背后的驱动力……正是它们激活和点燃了诗人

---

[1]　Erich Auerbach, *Mimesis: The Representation of Reality in Western Literature,* Willard R. Trask, trans., Princeton University Press, 1953, pp.443-444.

的崇高幻想"[①]。再举一个中国的例子,"九叶派"诗人郑敏
1981 年发行的《九叶集》中收录了《来到》一诗,其中有这
样的句子:"好像在雪天里 / 一个老人吹着他将熄的灰烬;在
春天的夜里 /'未来'吹着沉黑的大地,在幸福来到之前。"
末尾一句在 1949 年的初版本为"上帝吹着沉黑的大地,在
幸福来到之前"。从 1949 年到 1981 年,"上帝"到"未来"
的一词之改,包含了无比丰富的历史信息。

布莱斯林(Charles Breslin)精确地将语文学对待历史
的方式称为"审美历史主义"(Aesthetic Historicism)。总的
来说,这一观念产生于维柯,兴盛于 19 世纪。在那个时代,
占主流的历史观是自然主义和形而上学历史主义,"前者试
图将历史现象归入精确或实在科学的范畴,后者则试图制定
一个能够统一自然和历史领域的形而上学原则"[②]。正是在
和诸种本质论与一元论历史观念的对话中,语文学显示了自
己的力量和独特性。

---

① Erich Auerbach, *Dante: Poet of the Secular World*, Ralph Manheim, trans., University of Chicago Press,1961, p.159.
② Charles Breslin, "Philosophy or Philology: Auerbach and Aesthetic Historicism", *Journal of the History of Ideas*, 1961, Vol. 22, No. 3, p.371.

第四节 ●
　　　　　●
世界主义 ●

　　现代语文学诞生于危机，19 世纪之后欧洲日益加剧的政治冲突和民族主义情绪使人文学者们忧心忡忡。正是出于这一忧虑，库尔提乌斯写下了《欧洲文学与拉丁中世纪》这一名著。在这部书中，他试图寻找欧洲文学的共同遗产，将文化的碎片重新连接起来。他的研究受到了汤因比（Arnold J. Toynbee）的"比较文化形态学"和柏格森（Henri Bergson）对人的"虚构功能"（Fabulatory Function）的论述的影响。在库尔提乌斯那里，汤因比提供了一种综合性视角，超越了把欧洲弄得四分五裂的"民族神话和意识形态"，而柏格森则提供了关于文学的虚构和神话功能——它能将文学的使命从对当下处境的回应中解脱出来，使其进入人类创造的关于自身境况的象征世界的整体图景。

　　在这一论说中可辨认出库尔提乌斯的有机论视角，即文化是通过不同历史实体的互动和交融，形成更高有机体的过程。要准确地理解此过程，必须要把单独的文本放在从古至今不间断的人类想象力的完整视野中。基于这种认识，库尔提乌斯猛烈地抨击了德国文学教育中的碎片化、相对化、外在化倾向。比如：用思想史问题取代文学问题（如对"存在"问题的讨论）；用简化、抽象的文学史概念来解释文学文本（如罗马风格、哥特风格、文艺复兴风格等）；对于文学"时期"的粗暴划分（如说某个时期是"解放"的，另一个时期是"束缚"的）；批评手段的高度工具化、技术化（如新批评）；等等。他指出："若要寻根究底，阐明真意，就必须从更早的欧洲文学时期入手。只有我们能自由出入从荷马到歌德的每个时期，才能真正俯瞰欧洲文学。这种能力无法从教材获得……如果欧洲文学是个国家，那么我们只有在其各个省份长期居住，并到处参访熟悉后才能获得畅通无阻的公民权利。"[1]要是语文学丧失了欧洲文学的整体观，致力于"民族文学"这个相对的、有限的领域的话，那它就无助于解决当下的文化危机。所以他哀叹道："众多彼此无关的语文学把欧洲文学弄得四分五裂，要实现上述愿望几无可能。"[2]

因此，要理解欧洲文学的现代，先要理解其古代；要理解德国文学的特性，先要理解欧洲文学的传统。库尔提苏乌斯赞赏艾略特的观点："如果抽走从罗马获得的一切，从诺曼—法国社会、教会、人文主义，从所有直接和间接的渠

---

[1]　恩斯特·R.库尔提乌斯：《欧洲文学与拉丁中世纪》，林振华译，浙江大学出版社2017年版，第11页。

[2]　恩斯特·R.库尔提乌斯：《欧洲文学与拉丁中世纪》，林振华译，浙江大学出版社2017年版，第11页。

道抽走我们拥有的一切，那么还能剩下什么呢?"① 他找到了"拉丁中世纪"这个欧洲文学的正源，这个词指的是与中世纪和罗马——包括政治、文化、宗教——有关的一切。当罗马帝国解体后，"拉丁中世纪"就成为希腊罗马古典文化的替代和更生形式。和通常认为拉丁中世纪的影响只局限于使用罗曼语族诸语言的所谓"罗马尼阿"（Romania）国家不同，② 库尔提乌斯强调，日耳曼民族文化的血液之中同样混合着拉丁的成分，如同艾略特说的那样，"英国就是一个'拉丁'国家，我们不需要到法国去找什么拉丁特征"③。他也宣称："莱茵河中混合着台伯河之水，'近代'欧洲文学也与地中海文学交织在一起。"④ 他打算重建修辞学的崇高地位，因为从中能找到写作的规范准则，这些准则确保了传统的延续性。在诗人方面，他挑选了维吉尔和但丁作为欧洲文学的中心，因为他们的作品具有"永恒的特质"。在德国文学中，他举的例子是歌颂自己身上的"罗曼气息"的格奥尔格（Stefan George）和创作了《意大利游记》与《罗马哀歌》的

---

① T. S. Eliot, "The Classics in France – and in England," in Jewel Spears Brooker and Ronald Schuchard, eds., *The Complete Prose of T. S. Eliot: The Critical Edition, Volume 2: The Perfect Critic, 1919–1926*, Johns Hopkins University Press, 2014, p.469.

② "罗马尼阿"指的是罗曼语族语言，主要包括法语、意大利语、西班牙语、葡萄牙语、加泰罗尼亚语、罗马尼亚语等。

③ T. S. Eliot, "The Classics in France – and in England," in Jewel Spears Brooker and Ronald Schuchard, eds., *The Complete Prose of T. S. Eliot: The Critical Edition, Volume 2: The Perfect Critic, 1919–1926*, Johns Hopkins University Press, 2014, p.469.

④ 恩斯特·R. 库尔提乌斯：《欧洲文学与拉丁中世纪》，林振华译，浙江大学出版社 2017 年版，第 7 页。

歌德。这就是他说的："维吉尔中有荷马，但丁中有维吉尔，莎士比亚中有普鲁塔克和塞内加，歌德的《格茨·冯·贝利欣根》中有莎士比亚……"[1] 在库尔提乌斯看来，成为一个"罗马公民"——在他的语域中就是"欧洲公民"——远比"德国人"的民族认同重要得多。

库尔提乌斯的"世界主义"基本局限在欧洲，而且他给欧洲文学找到了"拉丁中世纪"这个"永恒"的标准。说起来，他的世界主义似乎是不完整的，而且有一元论的味道。但欧洲的现代语文学本身就来自文本在发展演变过程中各种语言形态之间的比较，这种比较往往只有在同一或相邻的文化框架之中才能适用，在更大的"世界"范畴相对来说并无多大意义。库尔提乌斯针对的主要是 19 世纪浪漫—民族主义运动兴起以来德国文学的孤立化、相对化、片段化倾向。他从自己的罗曼语语文学研究出发，提醒德国人不要只执着于"条顿人的根须和外壳"[2]，而要有更宽广的视野，融入"地中海文学"的主流之中。不过，这种追寻整体性的冲动和浪漫主义原则并不像看上去的那么水火不容，实际上，分裂只是表象和过程。走向统一，还原为一体，这本身就是浪

---

[1] 恩斯特·R. 库尔提乌斯:《欧洲文学与拉丁中世纪》，林振华译，浙江大学出版社 2017 年版，第 14 页。

[2] T. S. Eliot, "The Classics in France – and in England," in Jewel Spears Brooker and Ronald Schuchard, eds., *The Complete Prose of T. S. Eliot: The Critical Edition, Volume 2, The Perfect Critic, 1919–1926*, Johns Hopkins University Press, 2014, p.469.

漫主义的题中之义。

我们设想，如果这种一元论遇到自身的边界，与异质的语言文化发生互动，它的"世界"范畴会发生怎样的改变？这会是一件有趣的事。针对这一方面，我们可以举的例子是斯皮策。正如韦勒克所指出的，斯皮策在"方法和信念"上一直是个"一元论者"。[①] 他深受德国"精神史"学术传统的影响，总是会诉诸某个民族、时期的"代表性概念"（The Concept of Representativeness）。对他来说，"精神"（Geist）就是一个特定时期或运动的总体特征。比如他的著名论断，即法国古典主义文学从总体上来说是一种"温和、驯服或柔和"的巴洛克形式。斯皮策在 20 世纪 30 年代被迫离开德国来到土耳其，执教于伊斯坦布尔大学，在这里的经验挑战了他的一元论整体观。他发现当地人使用一种叫"拉迪诺语"（Ladino）的语言，[②] 这个幸存下来的"小"语言意外地成为古代与现代之间、西班牙与土耳其之间联系的纽带。和库尔提乌斯一样，斯皮策也是熟练的罗曼语语文学家，但他并不打算为文学找一个永恒、稳固的准则。相反，对他来说，"罗马尼阿"是拉迪诺语、现代西班牙语和土耳其语能够走到一起的空间，这些语言跨越了时间和领土，在一个陌生的地方

---

① René Wellek, "Leo Spitzer (1887–1960)", *Comparative Literature,* 1960, Vol.12, No.4, p. 330.
② 又叫犹太西班牙语，是在欧洲已绝迹的古老西班牙语。

产生交集。在此意义上，"罗马尼阿"展现了更为完整的世界主义，它是多元文化并存的，在这里，语言和文学跨越了彼此的边界，产生了必然的比较和联系。

萨义德指出，尽管斯皮策会像大多数一元论者一样，用某种"精神"统摄众多细节，但作为一个博学、深思的语文学者，他最终仍然强调了自我对文本细节的开放。也就是说，任由文本把我们领到未曾经历的经验中。斯皮策在《学习土耳其语》一文中，一方面概括了土耳其语言的"总体"精神特质，另一方面又认为应该像观察文本细节一样观察最近遇到的陌生人的"表情、手势或声音"，这些东西"可以引导我们发现他的个性"。① 更进一步地说，是要我们把自己熟悉的语言要素放到陌生的环境中，使之与别的要素发生关联，从而产生全新的意义。比如说，他把法语短语"à peine"（几乎，勉强）和土耳其短语"görür görmez"（她看到了，她没看到）放在一起比较，认为通过土耳其短语的远距离的戏剧化呈现，我们能更好地领会"à peine"中那种欲罢不能，"一种行动被压缩在其他行动中"的"窒息"之感。② 一言以蔽之，仿佛只有通过外语的"中介"，"à peine"才能呈现出自身的潜在意义——语言自己陌生化了自己。斯皮策说：

---

① Leo Spitzer, "Learning Turkish", Tülay Atak, trans., *PMLA*, 2011, Vol. 126, No. 3, p.777.
② Leo Spitzer, "Learning Turkish", Tülay Atak, trans., *PMLA*, 2011, Vol. 126, No. 3, pp.771-772.

> 移民学者的好处之一是……他必须在努力保持
> 自己的学术理念的同时，考虑他的新读者，牢记该
> 民族那些最内在的努力……这些努力在开始时可能
> 与他的本性相反，但不知不觉间成为他的第二天
> 性——实际上是通过对比使他的第一天性在最清晰
> 的光线中闪耀。[①]

对"精神史"的追求是语文学，尤其是德国罗曼语语文学研究的内在目标。20 世纪最重要的语文学学者对"世界主义"的构想，都在这一认知的基础上展开。然而，就算在罗曼语语文学研究的内部，对"世界主义"的看法仍然是复杂和充满歧义的。我们已经看到了两种做法：库尔提乌斯试图为欧洲文学寻找永恒的思想和表达方式；斯皮策将"罗马尼阿"的乌托邦扩展到土耳其，同时将疏离本土后获得的"第二天性"作为文学分析的一个条件。奥尔巴赫的观点进一步加剧了这种复杂性，但也会深化我们对此问题的认识。奥尔巴赫强烈反对库尔提乌斯为欧洲文学设定常数的做法，在他看来这是笛卡儿主义式的危险的幻象。他警告说，要是我们屈服于同一性，"习惯于认为只有一种单一的文学文化……

---

① Leo Spitzer, *Linguistics and Literary History: Essays in Stylistics*, Princeton University Press, 1948, pp. v-vi.

（和）仅有有限的文学语言值得继续存在——不久也许只有一种。如果这变成现实，世界文学的理念在得到实现的同时，也会遭到破坏"①。他所信服的，恰恰是库尔提乌斯所不屑的历史相对主义。奥尔巴赫的罗曼语语文学关注的焦点是各民族俗语的崛起以及随之而来的世俗生活。和库尔提乌斯把但丁的《神曲》视为"拉丁中世纪"的典范针锋相对，他将其看作地道的世俗性作品——"（《神曲》）在我们面前展现了一个尘世—历史生活的世界，尘世的行为、努力、感情和激情，以至于尘世的场景本身很难展现如此丰富和强大的东西"②——这种世俗性被描述为摆脱拉丁文学"暴政"的斗争。奥尔巴赫要呈现的，是文学中不同时代、不同民族的多样化的声音。

奥尔巴赫的方法也可被称为一种"解释的循环"，和斯皮策从细节到统一意义再到细节的循环不同，他的循环是发生在整体与其构成部分之间的。他认为，整体只有通过部分才能接近，反过来，要是放弃了与整体的关系，部分也无法被理解。语文学研究的是具体的词语的含义、修辞形式、句法表达等，但这些东西的最终结果是"被卷入整体的动态运动中"——也就是说，个别现象需要在人类历史生活所有

① Erich Auerbach, *Time, History, and Literature: Selected Essays of Erich Auerbach*, Jane Newman, trans., Princeton University Press, 2014, pp.253-254.
② Erich Auerbach, *Mimesis: The Representation of Reality in Western Literature*, Willard R. Trask, trans, Princeton University Press, 1953, p.201.

的丰富性中得到把握。举例来说，爱尔兰诗人谢默斯·希尼（Seamus Heaney）在翻译古英语史诗《贝奥武甫》时，发现了一个在英国本土早已废弃但他家乡的亲人仍然会用的单词"thole"（忍耐），这个词随着爱尔兰移民的脚步漂洋过海到了美国，又成为美国英语词汇的一部分。希尼说，在这一刻："世界变得宽广了，某些东西被拓展了……当我遇到'thole'这个词时，我所经历的是一次多元文化的历险，这一感情被奥西普·曼德尔斯塔姆定义为'世界文化的乡愁'。"[①] 在奥尔巴赫这里，从细节出发，解释者能够照亮更远的领域。每个单独的文本元素，都以自身不同的方式嵌入世界文学的整体图景之中，并让这一图景真正变得多样而瑰丽。因为世界文学必须让人们听到个别元素说话，听到不同民族、不同群体的声音。在这个意义上，语文学的"世界主义"又同时具有了高度人文主义的特质。

---

① Seamus Heaney, *Beowulf: A New Verse Translation*, W. W. Norton & Company, 2001, pp. xxv-xxxvi.

第五节 ●
： ●
语文学与人文主义 ●

在一篇论文的题词中，库尔提乌斯引用了西班牙语文学家卡斯特罗（Américo Castro）的豪言壮语："语文学的进步，取决于思想的提炼与精练，取决于我们如何理解人的价值。"[①]但是"人的价值"似乎是个模糊不清的表述。此外，我们还会提出这样的问题：曾经在文艺复兴时期大放光芒的人文主义在现代有什么价值？其语义内涵发生了什么样的改变？而这和语文学又有什么关系？

总的来看，人文主义在现代的复兴根源在于现代性危机。新人文主义的代表人物欧文·白璧德（Irving Babbit）激烈地批判现代人的情感泛滥、耽于幻觉和自我扩张的现象，他把这一切归咎于卢梭。他将亚里士多德、孔子和佛陀的学说结合起来，建立了一种"一"和"多"之间的动态平衡的观念。简单地说，"一"就是一致性的准则，"多"就是生

[①] 恩斯特·R. 库尔提乌斯：《欧洲文学与拉丁中世纪》，林振华译，浙江大学出版社 2017 年版，第 632 页。

活中变化无定的因素。"一"必须在具体的生活实践中验证其有效性，否则不过是刻板的教条；"多"要服从于人类经验中永恒和一致性的因素，否则就会被冲动、任意和杂乱的洪水淹没。白璧德认为，人类只有在创造性和纪律性之间取得这样的均衡，才能成为"温和、明智、体面"的人，而不至于落入把自己比作"超人"的自我妄想之中。如果有更多的人在开始成为超人之前先确保自己是个人，那么这个世界将会是一个更好的地方。[①] 从这里我们可以看到，新人文主义的核心是呼吁或者说建立一种"健全"的人性，它之所以"健全"，在于节制、均衡和完整，抵制现代社会各种各样的过度、碎片化和专业化。当然，白璧德的学说主要从思想和道德层面进行阐述，并不涉及语文学。但现代语文学家会从自己的角度讨论人文主义问题，在不同的接口上和白璧德相通。还是用库尔提乌斯做例子，他强调了尽管学界一直在研究中世纪，但这些研究被不同的专业分割开来，拉丁语学者、政治史学者、经院哲学研究者……这些人抱残守缺地囿于自己的小圈子，无法获得对中世纪文化全面、完整的理解。前面说过的斯皮策的"语文学的循环"也有明确的人文主义指向。在斯皮策那里，对文体特征进行细致考察的目的

---

① 欧文·白璧德：《卢梭与浪漫主义》，孙宜学译，商务印书馆 2016 年版，第 13 页。

是获得对作者"灵魂"的深入认知。换言之，细节必须通向整体的人性的中心。

对于斯皮策的这番论述，萨义德感到深深折服。在他看来，斯皮策对于文本的虔敬态度[①]，恰好说明了人文主义的"英雄主义"气质。读者（研究者）要"屈服"于文本，这意味着阅读被上升到了某种仪式化的行为：首先，要把文本还原到历史语境中去观察文学的因素和社会历史的因素如何交织，这一点在前面"审美与历史"的部分已经讨论过；其次，读者必须带着同理心把自己放在作者的位置上思考，比如读康拉德（Joseph Conrad）的一部小说，就要设身处地地思考为什么康拉德选择这个词、这个比喻而不是另一个。这相当于要求作为读者的我们付出和作者同等的努力。

听起来，这像一件立意过高而很难实现的事。给予萨义德信心的仍然是维柯的思想。维柯认为，历史是由现实的男男女女创造的，而不是上帝创造的，这也表明我们只能知道我们所创造的东西。乍看上去，这不是什么特别高明的看法，但萨义德说，这个"世俗的观念"（Secular Notion）恰

[①]　斯皮策说："阅读，反复地阅读，努力使自己完全融入作品的氛围中。突然间，一个词、一行（或一组）词和诗行脱颖而出，现在，我们意识到诗和我们之间已经建立了一种关系……没过多久，随着'咔嗒'一声，一切豁然开朗，这表明细节和整体找到了一个共同的分母，这就是写作的词源。"（Leo Spitzer, *Linguistics and Literary History: Essays in Stylistics*, Princeton University Press, 1948, p.27. ）

恰是"人文主义的核心"。① 为什么呢？因为如果历史是上帝创造的，就意味着它有单一、确定的解释，那历史就变成了拼命向那个至高至纯的上帝"原意"靠拢的运动，任何旁逸斜出、恣意漫漶的"世俗"性创造性活动都会被视为离经叛道。如此一来，历史固然崇高化了，但也绝对化、霸权化了。波兰导演克日什托夫·基耶斯洛夫斯基（Krzysztof Kieślowski）拍过的一个系列剧《十诫》很形象地涉及了这个问题。系列剧的十部每一部都对应一个诫命，诫命本身作为"神的知识"是冰冷、无情而且独断的，如不可谋杀、不可奸淫等。但《十诫》考察的是这些诫命遇到具体的、活生生的生命经验时，所呈现出的高度错综复杂的面貌。这种人类生活的实际状况，是没法用黑白、善恶这样高高在上的、看似清晰的标准来判定的。比如说有一诫是"不可妄用上帝之名"，对应的那一集拍的是一个外科医生，他的一个男病人得了绝症快死了，男人的妻子怀孕了，但孩子是她和别人私通怀上的。妻子来问医生自己的丈夫会不会死，要是会的话她就要这个小孩，要是能活过来她就去做人工流产。医生发现自己突然处在了类似上帝的位置上，不仅要预测病人的生死，而且他的话决定了一个未出生的小孩的命运。经过思

---

① Edward W. Said, *Humanism and Democratic Criticism*, Columbia University Press, 2004, p.11.

想斗争后，他告诉女人她的丈夫会死，但最后那个男病人奇迹般地康复了。影片就在这儿戛然而止。请问，在这里"妄用上帝之名"的做法是对还是错？在我看来，这就是萨义德反复申说的要在"男男女女"的历史中去理解人，要把人放在他自己的处境中去知人论世地理解他的思维模式和存在方式。就像爱默生（Ralph Waldo Emerson）说的那样："每一个头脑必须自己去体验全部——检验所有的范畴。它没看见、没经历的，它就不会懂得。"①

如此一来，语文学和人文主义的关联就很清楚了。语文学是关于阅读和解释的，但这其实是非常困难的事，它要求我们对人类所创造出来的东西——文本及其所包含的人类行动的信息——充满信心和热情，竭尽全力地去解读这些信息。此外，正因为比起其他历史和社会文本，文学的语言实践更为复杂、精微，所以它保留的信息和耐人寻味之处也更为全面、完整。如果我们能深入其中，就能最大限度地避免偏见、谰言和形形色色的意识形态。几乎所有重要的现代语文学家都强调了只有"完整"地理解文本，才能体现人文主义精神。语文学最终要铸造出博雅、通达、精深的心灵，就像弗里德里希·施莱格尔（Friedrich Schlegel）在 19 世纪预

① Ralph Waldo Emerson, *Self-Reliance, the Over-Soul, and Other Essays*, Coyote Canyon Press, 2010, p.4.

言的那样，未来的文学研究者应该有能力"联通哲学或语文学、批评或诗歌、历史或修辞、古代或现代"[1]。这就需要读者放弃唯我主义，突破固有的思维框架，尽力理解在逻辑和行为上都不同于我们人民的生命形态和表达方式。于是，阅读作为一种解放方式，向我们提出了这样的灵魂拷问：你是选择接受现有的视野和限制，还是作为一个人文主义者去挑战它们？

在"后现代"的看法中，人文主义过分重视经典、传统的作用，这导致传统的人文教育在当代受到攻击，曾经神圣的文学经典如今受到的更多是嘲弄而非尊崇。萨义德认为，这一看法错误地将既有传统与日益复杂多样的世界对立起来，却没有认识到，今天的"经典"作家也是昨天的革命者，人类创造的本质，首先是承认各种条件和语境的限定，再在这一基础上进行质疑、颠覆和改革。正因为把人类创造的那些经典文本——悲剧、史诗、小说、戏剧、抒情诗等——看得无比重要（比起上帝的诫命来），我们才会对之仰慕、渴求、模仿乃至超越。语文学确保了人类心智的活动永不停歇、代代相传，而且紧密地锁扣在一起，形成了一条智识的链条。前人的探索已经蹚出了一条路，我们的阅读沿着这条路再开辟一条新路，这样一来，阅读行为就成了

---

[1]　Friedrich Schlegel, *Kritische Schriften,* Wolfdietrich Rasch hg., Hanser,1956, p.12.

创造性活动，成了人类集体历史的一部分。不过，没有凭空的创造。既然我们是人，就一定会受到各种限制。没有前人的创造，我们无法创造；没有前人的阅读，我们也无法真正地阅读。同时，个体自由表达的权利，也必然要在舆论、法律和社会智识水平的允许范围之内。人文主义的事业是一代代人共同承担的，这项事业有它自身的限制和秩序。指出这一点，是为了说明人类创造活动具有相对性、有限性和层累性，而不是纵横捭阖的"天才"意志的扩张。但只要肯定了阅读是"创造性活动"这一本质，其就具有了解放和启蒙的意味，体现了一种积极的、寻求真理的精神，其基底是一种高昂的信心——人必然能在阅读中获得改变。或许，这就是萨义德他们在怀疑主义、犬儒主义盛行的今天重提人文主义价值的用意，而不是像德里达式的解构阅读那样，否认任何意义上的文本"中心"，或者像福柯那样，把知识归于权力的运用。

人文主义总被认为是欧洲内部的一种话语，是老欧洲的精神残留，要是过度宣扬，会引起欧洲中心主义者的担心。但奥尔巴赫和萨义德对语文学中的人文主义精神的阐发使之具有了全新的面貌。这里重要的仍是人文主义的世俗性。如前所述，世俗性简单地说就是在男男女女的具体处境、思维框架和生存方式之中理解人，这就和各种霸权、帝国意识划清了界限——因为后者总是把权力的来源抽象化、神圣化。

由于这个原因，世俗的语文学批评家能够"穿越边界"，理解那些被权威话语排斥、边缘化或驱逐的声音。萨义德提出，在被各种对立的观念和意识形态撕裂的今日世界，语文学的纠正方式是"想象你正在讨论的那个人——在这种情况下，炸弹将落在他的身上——正在你的面前阅读"①。奥尔巴赫在《模仿论：西方文学中现实的再现》中说，《圣经·旧约》中上帝让亚伯拉罕祭献其子以撒的故事开场时，上帝毫无征兆地从某个高处来到世间呼唤道："亚伯拉罕！"亚伯拉罕立刻说："我在这儿！"这段描写对习惯了主流叙事方式的我们来说简直是太奇怪了，但奥尔巴赫说，这就是《圣经·旧约》中包含的特殊感性，教义渗透到感性的生命之中，崇高和日常紧密相连，日常生活充满了内在的冲突性。

　　奥尔巴赫是在"二战"前夕受纳粹迫害而流亡时写下这段文字的。他意识到，在战争和危机中，无数承载着历史独特经验的语言和文化要么消失了，要么被迫失声了。要是将《圣经·旧约》从欧洲文明中剔除，让这段经验被种族主义、反犹主义、狭隘民族主义和殖民主义话语抹杀、遗忘，只留下被修改过的、唯一的历史的话，那世界的复杂性就会消失，历史也就无法辩证地展开。从这个意义上说，在当今世

---

① Edward W. Said, *Humanism and Democratic Criticism*, Columbia University Press, 2004, p.143.

界，人文主义对个体精神的"解放"的一个意义就在于，培养我们的多重视角，去观察那些相互缠绕的、不一致的人类经验之间的重叠联系。

斯皮策、库尔提乌斯和奥尔巴赫在许多方面相互对立，但他们也分享了很多共通的前提：（1）以文学经典为基础的人文主义；（2）认为语文学的意义超过了学科本身；（3）以世界主义的广阔来对抗民族主义的狭隘。这也是萨义德经常将他们相提并论的原因。无论如何，这些学者相信，语文学，以及基于其内在的人文主义价值，能消解日益全球化、媒体化的文化产业带来的不利影响。表面上看，语文学所要求的对文本耐心、细致的阅读和充满怀疑精神的探究，与我们要求即时反应的流行文化格格不入，但这也许恰恰是它在现在和未来不可或缺的明证。就像格利桑所说的，在互联网时代，一切都受即时欲望的驱动，一切都在漫无方向地移动，在这个时候我们更需要"永恒"的"不变量"（Invariants）。"不变量"的主旨并不是恢复什么固定而神圣的东西，而是在动态的全球关系中建立"节点"，进而建立关系——"不变量……建立了关系，在此处和彼处之间，内部和外部之间，自我和他人之间"①。语文学自身既破又立

---

① Édouard Glissant, *Treatise on the Whole-World*, Celia Britton, trans., Liverpool University Press, 2020, p.100.

的双重特征——既"解构"文本又依赖文本，既尊崇经典又颠覆经典，既维护单一文化传统又关注人类的多元文化经验——使其内部充满了张力，自始至终处在"对话"之中。只有以这样细致、沉稳且具有高度综合性的诗意阅读方式，而不是以转瞬即逝的方式，才能将丰富辉煌的大千世界容纳到我们的精神之中。

研讨专题

1. 什么是语文学？它和中国传统学问系统中的"小学"有何异同？

2. 如何确定语文学中解释的可靠性？

3. 为什么说语文学在本质上是世界主义的？

4. 如何理解语文学与人文主义的关系？

拓展研读

1. 埃里希·奥尔巴赫:《摹仿论：西方文学中现实的再现》，吴麟绶、周新建、高艳婷译，商务印书馆 2014 年版。

2. 爱德华·萨义德:《人文主义与民主批评》，朱生坚译，新星出版社 2006 年版。

3. 恩斯特·R.库尔提乌斯:《欧洲文学与拉丁中世纪》，林振华译，浙江大学出版社 2017 年版。

4. 沈卫荣:《回归语文学》，上海古籍出版社 2019 年版。

5. 沈卫荣、姚霜编:《何谓语文学：现代人文科学的方法和实践》，上海古籍出版社 2021 年版。

6. Leo Spitzer, *Linguistics and Literary History: Essays in Stylistics*, Princeton University Press, 1948.

第六章
/Chapter 6/

知识、表征和后殖民批评

后殖民批评是一种具有争议性、对抗性的理论话语，它的兴起是基于对文化之间交流的不平等性、不对称性的认识。这一研究意识到，文化的强势一方总是在知识上和美学上界定弱势的一方。通过这一行为，弱势一方（通常被话语性地称为东方）被固定在一个不利的位置上，而强势一方（即话语性的西方）的观察者和评判者的地位得到加强，造成了其身份的优越性。简而言之，这是一个创造和阐释"他者"身份并确立"自我"身份的过程。但这个过程绝不只是精神化和知识化的，虽然它必然包含了很多文化行为——学术著作的出版、文学作品的创作等——但这些文化行为会被扩展到更大的社会、政治和经济领域中，从而和社会的权力运作息息相关。

乍看起来，后殖民批评倡导了一种反西方的论述，并且为受到侵犯的东方正名，但这可能是学术问题变成大众议题后所受到的一个严重曲解。实际上，后殖民批评所要表明的是：现代西方的学术和文化作为一种卓有成效的知识和美学建构，在卷入权力机制之后发生了多么触目惊心的堕落。这一现象绝不可能仅仅局限于西方，而是对人类知识建构行为的一种警醒。

后殖民研究是一种高度"理论化"的学术活动，主要受到法国结构主义之后的一批新潮理论家，如米歇尔·福柯、雅克·德里达和雅克·拉康（Jacques Lacan）等的影响。这使得研究的视角和方法发生了巨大转变。后殖民理论家不再相信主体、文化、身份这些东西是"自然"、与生俱来、固定不变的，相反，认为它们都是人为建构甚至是虚构的。换言之，既没有"自然"的西方身份，也没有"自然"的东方身份，它们与其说是实体性的，不如说是符号性的或者说被"表征"（Representation）出来的。此外，它们在产生和运作的过程中深刻地纠缠、交叠在一起，形成你中有我、我中有你，相互"渗透"的局面。从批评的重点来说，有的学者关注的是殖民者一方的知识建构形式，有的则关注被殖民者一方的抵抗策略和方式。

第一节 •
何为后殖民 •

　　"后殖民"这个词并非一开始就有今天的语义的。在 20
世纪 70 年代，这是个划分时期的术语，是个不包含任何文
化和政治批判的历史概念。简单地说，那些摆脱了宗主国统
治后独立的前殖民地就是"后殖民"国家。然而，这个词的
内涵很快发生了重大的变化，它变成了一个专门的"理论"
术语。对此，安东尼·金（Anthony D. King）有着清晰的
论述：

　　　　可以称为后殖民（文学）批评的现代史，受
　　到后结构主义影响，在 20 世纪 80 年代初正式开
　　始。它的早期倡导者（霍米·巴巴、爱德华·萨义
　　德、加亚特里·斯皮瓦克）在西方人文研究机构中
　　致力于对文学和历史书写的批判。这种批判尤其针
　　对欧洲中心主义和西方的文化种族主义。随后，解
　　构性的后殖民批判的对象扩展到电影、录像、电
　　视、摄影等所有在西方流动的、便利的和可周转的

文化实践。①

　　这段话概括了后殖民主义批评的基本面貌：（1）理论资源来自后结构主义；（2）倡导者是西方人文学科的知识分子，其中很多人有移民身份；（3）基本诉求是批判欧洲中心主义；（4）最早在文学批评领域出现，形成气候之后，扩展到了更为广泛的文化研究领域。不过，为什么这样一种理论在20世纪80年代突然蔚为壮观呢？我们不要忘记，正是在这个时代，之前在政治和社会层面轰轰烈烈的反帝国主义和去殖民化运动进入了低潮。在那些获得了形式上独立的前殖民地国家中——如巴基斯坦、菲律宾、斯里兰卡、索马里、阿尔及利亚、海地等——民族解放的热忱被残酷的社会、政治和经济现实所浇灭：虽然欧美势力在表面上退出，但全球资本主义下的世界市场的不等价交换（前殖民地国家成为原料和廉价劳动力的供应者）、文化权力上的宰制（前殖民地文化被视为原始落后的，且无法自我表征的文化）及地方精英对权力的攫取，让变革的希望变得渺茫。此外，随着苏联—东欧集团的陨落，曾被寄予厚望的全球左翼运动（以法国1968年"五月风暴"和日本"安保斗争"为标志）也丧失了

①　Anthony D. King, "Writing Colonial Space · A Review Article", *Comparative Study of Society and History,* 1995, Vol. 37, No 3, p.543.

动力。总之，全世界的历史—意识形态背景发生了根本的转变——那种对抗性的，通过民族、阶级、性别等固定性范畴在公共领域中展开的政治行动在新形势下无法持续。其中的原因是，传统的反殖民斗争总是基于预先给出的特定立场或模式，但历史证明了这种立场或模式的有效性十分可疑。正是由于这些条件，那些在西方人文学科中保持着激进性的知识分子，开始重新思考当面对帝国主义霸权——往往并不直接现身——时斗争的策略和方式。这一调整的结果可被简述为：抵抗由集体主义的变成个人主义的，由民族主义的变为世界主义的，由固定在一个地方的变成了可迁徙的。文化和价值观不再是确定之物，而变为了流动的、可变的，而且是在"叙事"中形成的。

这就不难理解，为什么后殖民研究特别重视"移民"书写。这当然一方面是因为理论家们自身的移民身份，如萨义德从巴勒斯坦移居到美国，以及加亚特里·斯皮瓦克（Gayatri C. Spivak）和霍米·巴巴分别从印度移居到美国；另一方面，更重要的是，因为他们发现了"迁徙"在解构方面的理论内涵，即移民处于一种特殊的"边界"位置，这一位置可以让他们洞察文化规则和形式的相对性。移民个体拒绝留在原地，成为流动的人，在这种流动中产生了他们特殊的世界观和叙事方式。他们不受单一文化传统的限制，而将多重的文化影响结合在一起。比起那些留在本土的人，移民置身于不同的地方，更能摆脱社区、民族、国家这些固定框架的限制，更能以一种更加多维、复杂的方式理解自己。用巴巴的术语说，就是形成了替代性的"间性"（In-between）空间。当然，我们会对迁徙行为是否真的这么理想且有革命性心存疑虑，因为这一行为是否能产生积极性的效力，无疑和移民者的性质有关——如果是难民或者偷渡客，迁徙带来的可能不是流动、开放，而是新的封闭和压迫。

后殖民话语中的"移民"不仅是物质性的，更是符号化的。它代表了一种对"边缘""边界""间性"的强调以及对中心、本质和归属感的反对。在巴巴看来，后者给人一种舒适的安全感，但这种安全感掩盖了话语建构中不容分说的强制性。任何中心性的话语，总是在制造其对立面，因为中心就意味着本质和确定，而这需要其反面来说明和验证，因此就制造了一系列的二元对立，如东方—西方、本土—移民，这实际上让身份的同一性固化，而且制造了不平等的秩序结构——因为自我身份的确认是个价值问题，而价值总是涉及区分，自我价值的抬高往往以贬低他人（有时是实际的，有时是被话语制造出来的）为前提。巴巴认为，这就需要我们积极、能动地对世界采取"间性"的视野：与其观察事物的中心，不如观察其边界性；与其同质化地想象与建构出单一、共同的祖源、历史和文化传统，不如站在"边界"的门槛上。意识到尽管我们竭尽全力地用本质化的刻板印象来定位自己和他人，但文化本身不可能是封闭和完整的，而是充满分裂、焦虑和矛盾的。此外，不同的传统、文化和身份必定以各种方式相互牵连。通过这一策略，消除所有对文化所谓"真实""纯洁"的任何本质主义主张。在这方面，不妨援引中国台湾学者王明珂对中国川西各民族杂居地区做人类学考察后得到的结论。他认为，在这一边缘地区，当面临多种选择、多种社会力量的制约时，那些少数民族的客观文化与主观认同其实是多元、模糊和不确定的，比如有些少数民族虽然被统一地称为"羌民"，但在 1950 年开始的民族识别之前，其实并无一致的民族语言，各村寨之间也没有民族感情，反而仇怨甚多。如果以历史唯物主义的态度把这一"样本"放在微观情境中进行详细考察，就可以发现貌似一致的共同体内部的变迁和起源的庞杂。因此，"'羌人'与'羌族'是一个不断变迁的'边缘'……在历史中延续的并非一个'民族'，而是一个多层次的核心与边缘群体互动关系……这些历史主体的变迁与不确定性以及文化之模糊性，说明在中国西部与西南边疆的汉、藏之间，或汉与非汉之间，原有一个漂移、模糊的族群边缘"[①]。

就像萨义德指出的，后殖民批评指出了现代世界体系的

[①] 王明珂：《羌在汉藏之间：川西羌族的历史人类学研究》，中华书局 2008 年版，第 10—11 页。

不平等，即西方试图"将非同步的发展、历史、文化和民族同化并纳入世界历史体系的规划"[①]。但它并不仅仅寻求与占统治地位的霸权对抗，也指出所有在单一中心的指挥下建立统一话语秩序——既包括帝国主义意识形态，也包括取得形式独立后的民族主义话语——企图的虚妄。这样看来，后殖民批评说到底是对某些既成的政治和哲学的形而上学构造的抵制。因此我们可以在一个更加"理论化"的层面上理解后殖民研究。正如巴巴所说：

> 后殖民批评见证了在现代世界秩序中政治和社会权力争夺中文化表征力量的不平等和不平衡。后殖民主义的视角来自第三世界国家的殖民证言和东方与西方、南方与北方地缘政治划分中的"弱势"话语。它们介入了那些现代性的意识形态话语，这些话语试图为民族、种族、社区和人民的不平衡发展和差异性的、往往是被剥夺的历史赋予一种霸权主义的"正常性"……在最普通的理论层面上，后殖民规划对那些社会病症——"意义的丧失，反常现象的条件"——的探索尝试，不再简单地"围绕

---

① Edward Said, "Orientalism Reconsidered", in F. Barker, P. Hulme, M. Iverson and D. Loxley, eds., *Europe and Its Others*, Volume 1, University of Essex, 1984, p. 22.

着阶级对立展开，而是将其分解成散落各处的历史
偶然性"……作为一种分析模式，它（后殖民视角）
试图修正那些将第三世界和第一世界的关系设定为
二元对立结构的民族主义或"本土主义"教导。这
一视角抵制对社会进行整体性解释的尝试。它迫使
人们认识到，在这些看上去总是针锋相对的政治领
域中，存在着更为复杂的文化和政治的边界。①

然而，后殖民批评包含了一个悖论。如上所说，尽管很
多研究者有着迁徙的经历及移民身份，但这一理论话语毕竟
是在西方人文科学知识的内部产生的。这就产生了一种话语
如何自己反对自己的困境。就像 18 世纪非裔黑人作家埃奎
亚诺（Olaudah Equiano）在其自传中讲的那个小故事：当时
他是个刚赎身的奴隶，在东加勒比海的一条贩奴船上工作。
一天晚上，他由于长时间的高强度工作疲惫不堪，开始诅咒
自己工作的船，希望它沉到海底。当天夜里果然风浪大作，
船只随时可能倾覆。埃奎亚诺深感内疚，觉得是自己的错，
因为他诅咒了自己赖以生存的船。② 从后殖民主义理论的研
究者的处境来说，埃奎亚诺的形象是个有力的隐喻，他们对

---

①   Homi K. Bhabha, *The Location of Culture*, Routledge, 1994, pp.171-173.
②   Paul Edwards, *The Life of Olaudah Equiano*, Longman, 1988, pp. 106-108.

自己深度参与的西方学科机制心怀怨愤，并且改造了宗主国的学术、论证和批评武器，使之调转枪口对准机制本身，可谓是"以彼之道，还施彼身"，这是一种灵活的游击战策略。然而，这同时也揭示了一个事实：任何批评行为都不可能完全超脱和置身事外，如果对其进行语境化的理解，这一行为往往与其所批评的事物形成共谋。

第二节 •
历史辩证法 •

　　后殖民批评往往被认为与结构主义产生以来的法国人文学科中的激进思潮相关，这个认识当然没错，但不够全面。实际上，在欧洲启蒙和现代化的进程中，始终伴随着对海外领地和殖民主义的反思。这种反思几乎在启蒙之初就已出现，本身就表明了启蒙话语内在的张力和复杂性。不仅如此，所谓"古典"的德国思想对此做出了重要贡献。不妨说，虽然"后殖民"是一个相当晚近的词，但这一思想的根系和脉络，早已埋伏在西方现代思想的内部。

　　这里要特别提出的是广为人知的黑格尔（G. W. F. Hegel）的"主奴辩证法"。在他看来，人身上有一种寻求自我肯定的冲动。人和人之间的斗争不仅是争夺生存空间或生产资料这么简单，更重要的是争夺统治和支配他人的权力，通过这一权力来确定自我的力量。最终，斗争的胜利者获得了对其力量和支配权的"承认"（Recognition），成为"主人"，这也是斗争的终极目标，而失败者变成了只能承认主人权力的"奴隶"。然而，在这一主奴境况中，奴隶的处境并非永远绝望的，他虽被工具化，却在劳动中将自身的意识外化，在对物（生产资料）的加工改造中，将意识融入外物，获得了客观持久性。如黑格尔所说："在主人面前，奴隶感觉到自为存在只是外在的东西或与自己不相干的东西。在恐惧中，他感觉到自为存在只是潜在的；在陶冶事物的劳动中自为存在则成为他自己固有的，他开始意识到他本身是自为自在地存在着的。"[①] 换言之，在劳作实践中，奴隶对自我的"承认"被具体而客观地建立了起来。这成为颠覆对"主人"的单方面"承认"，获取民主、平等的契机。在波斯特（Mark Poster）看来，在这一辩证法中，"是奴隶使人类走向更高层次的自我实现……奴隶是历史变化的秘密，他们对摆脱压迫的渴望是人类变得更加人性化的基础"[②]。这一辩证法的意义在于，原先被认为一无所有，被剥夺了"承认"且被奴役的人被赋予了能动性（Agency）。

苏珊·巴克－莫尔斯（Susan Buck-Morss）指出，欧洲的自我意识在深层上依赖于其殖民地的行动和事件。以黑格尔为例，他的"主奴辩证法"论述是在当时德国报纸报道海地革命（1790—1804）的背景下形成的。在这个意义上，看似共通和普遍的启蒙叙事实际上包含着欧洲和其殖民地之

---

① 黑格尔：《精神现象学 上卷》，贺麟、王玖兴译，商务印书馆 1979 年版，第 131 页，所引内容根据英文译本有所修改。
② Mark Poster, *Existential Marxism in Postwar France: From Sartre to Althusser*, Princeton University Press, 1975, p.11.

间的辩证关系——"海地革命是法国启蒙运动理想的熔炉和火狱,每一个欧洲的布尔乔亚读者都知道这一点"[①]。需要注意的是,18—19世纪,与启蒙运动构想理性、自由这些现代社会的基本思想要素同一时期,欧洲的帝国主义殖民霸权也到达了高峰。也就是说,启蒙主义与帝国主义、自由理想与奴隶制现实同时存在、相互嵌套,共同构成了欧洲的过去。这一事实凸显了历史的多元性和暧昧性。此外,当我们把貌似"纯粹"的欧洲思想剥去其意识形态的伪装,还原其社会、历史语境时,一个"后殖民"的视角就出现了。

长期以来,黑格尔的历史哲学受到某些后殖民主义或女性主义批评家——主要是罗伯特·杨(Robert J. C. Young)和西苏(Hélène Cixous)——的猛烈攻击,黑格尔甚至被认为是资本主义经济剥削和殖民主义的共谋者。简单地说,在他们眼中,黑格尔对历史进步的看法具有目的论特点——他试图建立一个总体化的思想体系,他的理论图式带有欧洲中心主义倾向。然而,这些说法虽然振振有词,其实捡了芝麻丢了西瓜,忽视了历史辩证法本身巨大的理论潜力。当后世的理论家,如马克思、卢卡奇(György Lukács)、葛兰西(Antonio Gramsci)、萨特(Jean-Paul Sartre)、阿多诺(Theodor W. Adorno)、布洛赫等沿着黑格尔开辟的道路继

---

① Susan Buck-Morss, "Hegel and Haiti", *Critical Inquiry*, 2000, Vol. 26, No. 4, p.837.

续前行时，他们的作品在某一个方面以不为人知的方式，为后殖民理论的主体奠定了基础。

在这里，我们仅举萨特对黑格尔历史哲学的继承与发展，以及他对反殖民主义斗争的深度参与来对此加以说明。黑格尔在《历史哲学》中认为，历史的进步只可能是"自由意识的进步"。萨特的想法更进一步：历史过程是人类主体征服自然和发现本质真理的过程。他希望通过历史中的精神运动和伦理实践来消除欧洲自我和殖民他者之间巨大的鸿沟，使殖民主义之后的人类文化理念成为可能。正如他在《辩证理性批判》中说的："确立一个人类的历史，这个历史有一个真理和一个可理解性——不是通过考虑这个历史的物质内容，而是通过证明实践性的多重性，无论它是什么，都必须在所有层面上通过将这一多重性内部化而不断地总体化。"[①] 正是对历史进步和人类共同文化的坚定信念，使萨特成为欧洲人文主义理想的守护者。

萨特对殖民暴力的反思，最明显地体现在他为一批殖民地知识分子——如列奥波德·塞达·桑戈尔（Léopold Sédar Senghor）、阿尔伯特·梅米（Albert Memmi）和弗兰兹·法农（Frantz Fanon）——的作品所写的一系列介绍或序言中，

---

① Jean-Paul Sartre, *Critique of Dialectical Reason. Vol. 1: Theory of Practical Ensembles,* Alan Sheridan-Smith, trans., New Left Books,1976, p.69.

其中最有名的是他为桑戈尔编辑的、用非洲黑人法语写的诗歌选序言《黑色俄耳甫斯》。这篇文章试图在黑人的生活经验（对白人来说是封闭的）和广大、普遍的人类意识之间搭建一座桥梁。萨特的现象学哲学肯定了人类主体在生活中的中心地位，而且，主体的意识优于一切，历史的最终问题是意识在历史进程中获得自由。《黑色俄耳甫斯》强调，黑人的诗歌是主观的，所以是意识的载体。通过它，黑人获得了一种分离的意识，得以反观和反思自己生活的经验。"白人至上主义"（White Supremacy）的理论和实践陷入自恋狂式的自我肯定中；但黑人，恰恰因为其低下的地位和历史上的失败，不可能无条件肯定自己，他必须先否定才能肯定。正是在这一黑格尔式的辩证法运动中，"黑人性"（Négritude）[①]成为通向未来无种族的、"人类"普遍自由的大同世界的通道：

> 黑人性不是一种状态，它仅仅是一种自我超越，是爱。当黑人性放弃自我的时候，它就找到了自我；当它接受失败时，它就赢得了胜利。它走在过去的特殊主义和未来的普遍主义之间的山脊

[①] 这一术语来自 20 世纪 30 年代生活在巴黎的非洲和加勒比法语作家。为了对抗法国殖民统治和同化政策，他们提倡黑人文化自身的不可剥夺的特质和价值，批判性地审视西方价值观。代表人物有桑戈尔（塞内加尔）、塞泽尔（Aimé Césaire，马提尼克岛）和达马斯（Léon Damas，法属圭亚那）等。

上……他期待着特殊主义的终结，以便找到普遍主义的曙光……黑人性是辩证的；它不仅是，也不主要是寻根本能的绽放；它代表着"超越"自由良知所定义的状况……它是黑人再也无法完全进入的怀旧的过去与将以新价值取代一切的未来之间的张力，所以黑人性以一种只有在诗歌中才能表达的悲剧美来装饰自己。因为它是众多对立面的活生生的辩证统一体，是一个抵制一切分析的复合体。[①]

在这个意义上，萨特把"黑人性"视为辩证法中的一个"微小时刻"（Minor Moment），它是欧洲历史观念的反动者，也因此成为历史的能动者。

萨特对反殖民主义话语的影响，在法农的《黑皮肤，白面具》一书中体现得最为突出。与萨特不同，法农关注的是殖民和种族主义语境中黑人生命"经验"（Erlebnis）的特殊性。他说："在我的存在和我的愤怒的发作中，我大喊大叫，萨特却提醒我，说我的黑人性只是一个微小时刻……他忘记了，黑人在身体上遭受的痛苦与白人截然不同。"[②]法农谈到，正是种族社会让黑人主体成为问题化的、高度不稳定的存

---

① Jean-Paul Sartre, John MacCombie, "Black Orpheus", *The Massachusetts Review*, Vol. 6, No. 1, (Autumn, 1964 – Winter, 1965), pp. 50-51.
② Frantz Fanon, *Black Skin, White Masks*, Charles Lam Markmann, trans., Pluto Press, 1986, p.138.

在。他改造了黑格尔"主奴辩证法",并用其来谈论这个问题。在他看来,在法属安的列斯群岛(法农的出生地),奴隶并不会因为掌握了生产资料及从事劳动实践而获得自在性和自为性。相反,他们将白人的叙事内化,为自己戴上白色面具:"这里的奴隶完全不同于那个沉溺在对象中并在工作中找到其解放的源头的人……在黑格尔那里,奴隶离开主人并转向对象。这里,奴隶转向主人而抛弃对象。"[1] 法农认识到,在某种意义上,奴隶积极参与并因此接受了主人塑造的历史。所以在《黑皮肤,白面具》中,我们总是可以看到诸如"我运送了我自己"和"我把自己当作一个物件放弃了"这样的说法。

法农希望通过弗洛伊德的精神分析方法揭露囚禁黑人精神的病态世界,使其能够恢复真实的经验。在种族社会中,黑人生活在白人全景目光的注视下,于是"在白人世界里,有色人种在发展自己的身体图式时遇到了困难。对身体的意识仅仅成为一种否定性的活动"[2]。取一个烟盒、用什么声调说话、要不要进行眼神交流……这些在白人身上不假思索的动作,却成了黑人必须努力思考和解决的问题。不对称、不平等的关系充斥着殖民地。法农重申了"主奴辩证

---

[1] Frantz Fanon, *Black Skin, White Masks*, Charles Lam Markmann, trans., Pluto Press, 1986, p.221.

[2] Frantz Fanon, *Black Skin, White Masks*, Charles Lam Markmann, trans., Pluto Press, 1986, p.110.

法"中的"承认"命题——人只有在被别人承认时，才算是一个人。因此，自我价值的实现不可能是一种那喀索斯式的自恋行为，而是需要超越自我的直接存在，呼唤"他人"（欧洲人）认识自己。这实际上同时也要求"他人"能突破自身的傲慢与偏见，实现"比天生更天生"的"人"的"本质"，否则"承认"绝不会发生。但是，这件事不会"自然"地发生，也就意味着"承认"不会正常地被给予。法农的答案是："承认"只有在"抵抗"中被"要求"。而黑人的"抵抗"从根本上说是抗争殖民统治的压迫力对其精神能动性的剥夺，所以是一种"本体论的抵抗"（Ontological Resistance）。为什么在黑人的精神结构中会产生"抵抗"呢？因为黑人对欧洲人平等待人的要求被轻慢、忽视，这就在他的自我意识中产生一种"欲望的体验"（The Experience of Desire）。正是出于这种体验，人们才会要求被承认——"只要我有欲望，我就要求被认真对待"①。反过来说，没有欲望，就没有抵抗，也就没有"承认"——"自在自为的人类现实性只有在斗争以及斗争所包含的危险性中才能得到结果"②。

对法农来说，虽然"黑人性"只是一种为了对抗殖民压迫而被建构出来的本质性身份认同，但这在某一个阶段是

① Frantz Fanon, *Black Skin, White Masks*, Charles Lam Markmann, trans., Pluto Press, 1986, p.218.
② Frantz Fanon, *Black Skin, White Masks*, Charles Lam Markmann, trans., Pluto Press, 1986, p.218.

有效的，是斯皮瓦克所说的"策略性本质主义"（Strategic Essentialism），因为它至少召唤出了群体的团结和积极的自我概念。但之后，这些本质主义的残余会作为"微小时刻"被抛弃，因为辩证法的最终目的是"超越生命，通向至善，这就是把我对自身价值的主观确定转化为普遍有效的客观真理"①。黑人"本体论的抵抗"能力的恢复，意味着所有人——包括那些被剥夺了生命价值的人——都有被"承认"的可能，"我希望全世界和我一起认识到，大门对每一个意识都是开放的"②。法农说：

> 我追求的是生命之外的东西，因为我为一个人类世界的诞生，即一个互相承认的世界的诞生而斗争。③

---

① Frantz Fanon, *Black Skin, White Masks*, Charles Lam Markmann, trans., Pluto Press, 1986, p.218.
② Frantz Fanon, *Black Skin, White Masks*, Charles Lam Markmann, trans., Pluto Press, 1986, p.232.
③ Frantz Fanon, *Black Skin, White Masks*, Charles Lam Markmann, trans., Pluto Press, 1986, p.218.

第三节
结构主义与后殖民

对于萨特和法农来说，"生命经验"不是给定的或客观的事实，而是对主体"自我意识"感知和客体把握的过程。对他们来说，只有在主体意识之中呈现的现实才是算数的。针对这种主体性及其意识的特权，结构主义学者进行了猛烈的抨击，其目标是把"主体"从现代欧洲思想赋予它的位置上移开。

结构主义建立在瑞士语言学家索绪尔关于语言的革命性思想之上。在他的学生根据其授课讲稿整理的《普通语言学教程》中，索绪尔主张把语言研究作为一门独立的严格的学科来对待（他称之为"符号学"）。他为此提出了几个影响深远的主张：（1）语言符号由两个关联的项组成。表示意义的"声音—像"（Sound-Image）形式，称为能指；而被表示的意义，则叫作所指。（2）虽然能指和所指合成了一个语言单位，但它们之间没有天然或必然的联系。这不仅意味着用某个能指表示某个概念时并没有什么必然原因（比如说英语里"dog"表示"狗"的概念，但如果某个语言小圈子的人用"tet"或者别的任意一个能指也可以起到同样作用），而且所指是暂时的、可以变化的概念，它不需要具备什么预先存在的基本意义才有资格充当某个能指的所指。（3）索绪尔建立了"语言系统"（Langue System）和"言语"（Parole）这组重要的对立。语言系统是一个由形式构成的系统，是前后一致、可以分析的对象："它是一种符号系统，在这系统里，只有意义和音响形象的结合是主要的。"①言语是实际的话，是依赖于语言系统的言语行为。索绪尔指出，语言学家主要的研究对象应该是语言系统。（4）和言语用声音表达意义的行为不同，语言系统是由对立或差别的关系构成的。以英语单词"took"为例，它是代表"拿；取；接受"这个意思的过去时态符号，但它的意义只有在和"take"的对立中才能显现出来。索绪尔说："语言的实际情况使我们无论从哪一方面去进行研究，都找不到简单的东西；随时随地都是这种互相制约的各项要素的复杂平衡。换句话说，语言是形式而不是实质。"②（5）符号是任意、暂时的，总是随历史的发展而变化。因此我们要把它作为科学对象来研究，就必须把它固定在某个暂时的特定组合中。也就是说，比起历史

---

① 费尔迪南·德·索绪尔：《普通语言学教程》，高名凯译，商务印书馆 1980 年版，第 36 页。
② 费尔迪南·德·索绪尔：《普通语言学教程》，高名凯译，商务印书馆 1980 年版，第 169 页。

化的历时研究，更应该对语言做"非历史"的"共时分析"
（Synchronic Analysis）。

索绪尔天才的理论极大地改变了现代人文学科的面貌，
社会学家、文艺理论家和哲学家都从中受到了启发，形成了
结构主义。法国结构主义人类学家克劳德·列维－斯特劳
斯认为，人类学所研究的仪式、习俗、社会行为也是符号性
的，故而研究语言的方法同样适用于人类学和其他社会科
学。在萨特和法农那里，语言是表达意识和存在的工具。与
此相反，对斯特劳斯来说，语言并不隶属于主体，但它存在
于意识之外，尤其是索绪尔意义上的"语言系统"，虽然它
是整体性的，却是一种"非反思性的整合化过程，它是一种
自有其根据的人类理性，对此人类并不认识"[1]。结构（语
言系统）因为是无意识的和集体的，所以揭示了客观的经
验。在结构主义之前，所有人文学科都把主体置于分析的中
心；而结构主义强调个人只有无意识地吸收了群体社会的规
范系统才能产生行为。我们可以把主体分解成各个组成成
分，这些成分就是人与人之间形成的心照不宣的语言和社会
契约。契约在形式上各式各样，在不同的场合、处境中制约
着人的行为。因此，主体及其自我意识就从"我思"（Cogito）

---

① 　列维－斯特劳斯：《野性的思维》，李幼蒸译，商务印书馆1997年版，第
288页。

的崇高位置上跌落下来，成为各个系统起作用的"功能"性载体，也就意味着，主体"消逝"了。

萨特试图表明，历史是由个人行为者创造的，而他们同时也是他们所创造的历史的产物。他要把不确定因素从历史叙述中剔除，建立他认为的历史的唯一真理；只有以历史意识之名，才能克服殖民主义的异化力量。但在结构主义者看来，这一规划恰恰是欧洲中心主义的，因为它把历史看成统一、连续的过程。在《野性的思维》的最后一章"历史与辩证法"中，斯特劳斯反驳说，历史是局部、零散的，每个空间的人群都有自身的物质和精神事件，而统摄这些事件的规范系统也是完全不同的，因此"使历史能够成立的是，事件的一个子集合，在一定的时期内，对于一批个人能具有大致相同的意义"①。截然相反的子集合具有同样的真实性，我们只能"选择二者中的一个，或者选择其他第三个（因为有无数个整合化过程）作为主要整合化过程，并且放弃想在历史中找到一种将众多片面的整合化过程的全体加以整合的过程的企图"②。总之，在萨特等人的激进人文主义、反殖民主义话语中，主体、意识和历史是核心。与这一主张相反，

---

① 列维－斯特劳斯：《野性的思维》，李幼蒸译，商务印书馆1997年版，第294页。
② 列维－斯特劳斯：《野性的思维》，李幼蒸译，商务印书馆1997年版，第294页。

结构主义者代表了对主体性以及在其基础上构建的历史主义的不信任，代表了西方思想在认识论上的转型，这对后殖民话语是非常重要的。

第四节
后结构主义与后殖民

　　后结构主义通过德里达 1967 年的文章《人文科学话语中的结构、符号和游戏》宣布了它在知识界的到来。这一时期全世界范围内的去殖民化浪潮和学生运动使欧洲"人文科学"的内部发生了重大的变革，以前似乎客观、纯粹且毫无争议的"知识"——包括知识的性质以及知识生产的过程——突然成为问题。

　　在德里达看来，结构主义以为自己成功颠覆了人文主义所规划的人的主体性，从而在哲学上成功地颠覆了形而上学。但是，就像现代欧洲哲学中其他反形而上学的先驱，如尼采、海德格尔等人一样，结构主义者用来解构的范畴和方法都是从他们试图摧毁的传统中借用的。比如说，结构主义的一个基本预设是结构中的二项对立，如斯特劳斯在《亲属关系的基本结构》一文中设置的"自然"和"文化"的对立。然而，这只是"知识"的预设，而且在西方思想体系中早就存在，如在古希腊诡辩学派中就用"物体—规范""物体—技术"等对立项表示自然与文化的关系。在结构主义

中，"结构之结构性"被赋予了"中心"的位置，或被视为
"某个在场点、某种固定的源点"，这个中心的功能"不仅仅
是用以引导、平衡并组织结构的……尤其还是用来使结构的
组织原则对那种可称为结构之游戏的东西加以限制的"[①]。
对中心化的结构的召唤，其实是欧洲人文科学自古以来的一
个顽症，即追求某种纯粹而普遍的意义或知识。相信通过
对自然界各种现象的追本探源，我们就会看到超越性的纯
意义世界的"显现"（Erscheinung）。这种强调意义"在场"
（Presence）的哲学，对德里达来说统统都是形而上学。德
里达认为，"结构之结构性"其实仍然属于形而上学意义上
的"超验所指"（Transcendental Signified）。斯特劳斯误以为
"语言系统"独立于主体的意识，因此可以从欧洲旧有的思
想体系中解脱出来，但实际上"语言系统"本身仍然是这一
体系的一部分。

德里达称自己对结构主义的批判为"走出哲学的开始"，
开启了日后被称为后结构主义的思潮。他的《论文字学》是
后结构主义的核心文本，并成为后殖民批评最重要的理论资
源之一。《论文字学》试图从语言学内部揭示西方"语音中
心主义"的虚妄。德里达认为，从柏拉图到斯特劳斯，不可

---

① 雅克·德里达：《书写与差异》，张宁译，生活·读书·新知三联书店 2001 年版，
第 502—503 页。

见的（口头）"言语"在西方思想中一直被赋予特权地位，因为它与形而上学或真理有关，而可见的书写性"文字"则成了言语的附庸。相较于文字，言语具有自然性、直接性，所谓"言为心声"，能够更直接地反映人的内在意识。这种思想、意义和声音之间的联系被索绪尔确定下来，为此他甚至创造了"思想—声音"的概念。众所周知，索绪尔把语言符号分为能指和所指，而能指是所指（概念）的"声音—像"。这就意味着，要保持两者之间的一致性，能指必须是声音性的。因为言语行为的价值并不在于其自身，而在于它总要说点"什么"，这个"什么"当然就是所指。这方面"声音—像"有独特的优势，所以索绪尔强调只有言语而不是文字才是语言学研究的对象。而书写文字不过是言语的"形象"（Figuration）——"语言和文字是两种不同的符号系统，后者唯一的存在理由是在于表现前者"[1]，所以它只是"能指的能指"，和真理隔着两层。

为了颠覆形而上学的语音中心论，德里达扩大了"文字"的意义。他说："语言首先就是文字。"[2] 人类的表意方式不仅有发声，而且有"画道道"（Faire des Raies）。这些被无目的地画下来的道道形成了"痕迹"（Trace）。"痕迹"和

---

[1]　费尔迪南·德·索绪尔：《普通语言学教程》，高名凯译，商务印书馆 1980 年版，第 47 页。

[2]　雅克·德里达：《论文字学》，汪堂家译，上海译文出版社 1999 年版，第 50 页。

作为"声音—像"的能指不同，它并不指向超越性的所指。其特点在于既"显现"了人在世界中的存在，同时又让这种存在"隐没"。为什么呢？因为"痕迹"既代表"生"又代表"死"，它既是我们存活于世的证明，又让我们意识到没有任何东西是万古长青的，因为我们画下的道道会被后来者涂擦、抹去，写下的东西要么被别人的所取代，要么相互覆盖，交叠在一起。就像古代常使用的"重写本"（Palimpsest）那样，书写材料上的文字不断被擦掉再写上新的，导致字迹越来越模糊、难以辨认。德里达把这个过程叫作"分延"（Différance），是一场既没有"起源"也没有"终点"，既非"在场"也非"不在场"（Absence）的"游戏"（Jeu）。德里达说："痕迹乃分延，这种分延展开了显像和意指活动……痕迹既非理想的东西也非现实的东西，既非可理解的东西也非可感知的东西，既非透明的意义，也非不传导的能量，没有一种形而上学概念能够描述它。"① 书写是一种"分延"形式，一种拒绝归类和征用的形式。

言语在西方思想中的特权地位，来自对"本原"性知识的重视，这导致文字成了言语的"替补"（Supplément）。然而，德里达认为，"替补"恰恰说明了"本原"的虚妄和不可追溯。不错，文字多义且杂乱，让人徒增困惑，"是在言

---

① 雅克·德里达：《论文字学》，汪堂家译，上海译文出版社 1999 年版，第 92 页。

语确实缺席时为逼言语出场而精心设计的圈套"①。可是那个至高至善的"本原"也是镜花水月，可望而不可即。与其指责文字作为"替补"的不完美性，不如大方承认"本原"的"在场"根本不可能，"本原"自身就有欠缺，就有"不在场"性。书写是危险的，因为它宣称自己代表了它所不是的东西。阅读者发现这一宣称是谎言，真理其实并无法于文字中"在场"后不免火冒三丈，指责文字是谎言或"幻影"——"无限系列的替补必然成倍增加替补的中介，这种中介创造了它们所推迟的意义，即事物本身的幻影、直接在场的幻影、原始知觉的幻影"②。但是，"本原"在现实中也许只能以"不在场的在场"这种模糊方式存在；换言之，我们所阅读的是且仅是书写的"表征"，"表征"固然只是"替补"，但它恰恰构成了我们生于斯长于斯的现实世界。极端地说，绝对不能设想有一个外在于"表征"的所谓"真实"世界。

唯有如此，我们才能理解《论文字学》里那句饱受争议的话——"文本之外空无一物"③。这一论点对后殖民理论的影响怎样高估都不过分。值得一提的是，德里达虽然反对

---

① 雅克·德里达：《论文字学》，汪堂家译，上海译文出版社1999年版，第209页。
② 雅克·德里达：《论文字学》，汪堂家译，上海译文出版社1999年版，第228页。
③ 雅克·德里达：《论文字学》，汪堂家译，上海译文出版社1999年版，第235页。

索绪尔给予言语的特权，但他同样深受其影响。首先，索绪尔肯定了语言符号和现实事物没有天然和必然的联系，这为语言学成为独立的学科奠定了基础。德里达据此提出，文本意义结构的获得不能诉诸文本本身之外的指称。例如，如果我们想理解后殖民主体是如何在殖民文本中得到表征的，仅仅通过将表征形式和殖民主义的所谓"真实"经验来进行对比是无法达成的，因为我们所认为的"真实"其实只有通过文本才能获得。其次，索绪尔指出，符号的意义是在"差异"（Difference）中形成的。他认为"语言中只有差异"①，能指符号在"实质上不是声音的，而是无形的——不是由它的物质，而是由把它的音响形象和其他音响形象的差别构成的"②。不用说，德里达的"分延"概念就是"差异"的发展。德里达提出，既然我们不能认为文字符号指向某个固定的源点或外在的"真实"事物，那就只能将"表征"视为由不同的"项"之间的差别形成的关系，而这些"项"都是书写的产物。比如，在阅读卢梭《论语言的起源》和《忏悔录》等作品时，德里达不仅发现卢梭说出了自己想说的东西，即他对言语在场性的执着追求，也发现了他不想说的东西，即沉溺于作为"替补"的文字和自渎的幻想性满足中，

---

① 费尔迪南·德·索绪尔：《普通语言学教程》，高名凯译，商务印书馆1980年版，第165页。
② 费尔迪南·德·索绪尔：《普通语言学教程》，高名凯译，商务印书馆1980年版，第165页。

无限延迟了"在场"性。简而言之,阅读以发现作者未曾察觉的关系为目标,即"作者使用的语言模式中他能够支配的东西与他不能支配的东西之间的关系"。批判性阅读据此产生它自己的"指称结构"①。

要是我们把后结构主义看作一种阅读方法的话,那么它和后殖民主义话语就达到了一个结合点。自从后殖民主义理论家斯皮瓦克将《论文字学》翻译并介绍到英语世界后,这一方法在文学批评界广为人知。"文本之外空无一物"的说法让"表征"问题成为后殖民研究的一个核心问题。

① 雅克·德里达:《论文字学》,汪堂家译,上海译文出版社 1999 年版,第229 页。

第五节
后殖民主义与表征

　　在现实主义的表征理论中，尽管文本的"真实性"得到了一再强调，但从根本上说，它试图达成的是文本和现实之间的一种稳定的意义结构。安敏成（Marston Anderson）指出，现实主义对外在世界的再现"是一种肯定性行为"，文本会用策略性的修辞捕获、包容或驯服偶然、无序的外部细节，从而重建语言的权威，将"真实"重塑为"人类劳作的想象性产品，一种明确的语言"。[①]举例来说，康拉德的《黑暗的心脏》是一部含义深邃、技法高明的作品，其文本结构的反讽性产生了对其多样的，甚至是针锋相对的解读。有人认为作品是对帝国主义话语体系的批判，也有人认为它是种族主义的，充满了对亚非种族的偏见。要是我们接受德里达的阅读观点，就可以真正说明文本符号同时具有"在场"和"不在场"性，想说的和不想说的"话"之间的差异关系形

[①] 安敏成：《现实主义的限制：革命时代的中国小说》，姜涛译，江苏人民出版社2001年版，第20页。

成了文本的意义结构。然而，如果我们拥护现实主义表征理论的话，就会重申"标准"的重要性："评论家的使命正是要分辨哪些细节属于文本的主流，哪些属于支流，不然文学批评就会失去标准。"① 这种意义稳定性的假设可以被简要描述为以下几个标准：（1）历史是一种进步的叙事；（2）主体是超验的和统一的；（3）现实是理性和可解释的，道德秩序是稳固的，表征形式必须与其保持一致。

如果当代的批评理论仍然囿于历史主义和现实主义的传统中，它就无法解释殖民世界中殖民主体的产生。为此，后殖民主义话语将后结构主义的理论和方法延伸到殖民空间中。巴巴在其 1984 年的论文《表征与殖民文本：对模仿主义某些形式的批判性探索》中提出了后殖民主体的表征问题。他认为，传统的反殖民主义批评仍然基于几个假设：殖民主义的历史是给定的；从殖民经验中产生的主体是理性、可知的；表现这一历史的形式是以文本和既定现实之间的稳定关系为前提的。② 在其著作《文化的位置》中，紧跟着德里达的理论，巴巴也认为"在表征之外"是没有知识的，甚至"政治目的及其表征手段"之间也是没有什么区别的。③

---

① 殷企平：《由〈黑暗的心脏〉引出的话题——答王丽亚女士的质疑》，《外国文学》2002 年第 3 期，第 64 页。
② Homi K. Bhabha, "Representation and the Colonial Text: A Critical Exploration of Some Forms of Mimeticism", in Frank Gloversmith, ed., *The Theory of Reading*, Barnes and Noble, 1984, p.99.
③ Homi K. Bhabha, *The Location of Culture*, Routledge, 1994, pp.25-27.

在他那里，政治、历史和社会等公共领域的问题被还原为叙事和符号的文字游戏。

在巴巴看来，后殖民空间是一个剥夺了被殖民者主体性的符号领域，这一观点主要源于拉康关于符号秩序中主体性生成的研究。[①] 然而，在这个宗主国的主导叙事有绝对支配权的领域中，后殖民主体仍然具有"能动性"；这一主体创造了某种符号上的"差异"形式，使宗主国的符号"在场"变得可疑，并提示了我们"不在场"的他者的存在，使主导叙事和他者之间形成了一种偶然性的张力"关系"。正是这一"关系"让主导叙事的"意义"始终受到那个说不清道不明的"不在场"性的干扰而无法实现。与此同时，后殖民主体的"身份"（Identity）或"自我"也绝非确定性的、边界清晰的东西。从根本上来说，它们不具有客观真实性，而是一种文本性的"意象"（Image），是掺杂了大量主观性的人为构建，具有想象的特质。更重要的是，这种"意象"不是固定的，不是某种被给定的社会或历史秩序在个体心理上的反映，而是由外部多种因素所决定的。巴巴指出，只有将后殖民主体置于这一符号之间的"关系"场中，才能最深刻地理解殖民状况。

---

① 在拉康那里，主体只有在被置于社会象征符号秩序的条件下，并被要求说话后才会变得个体化；意向性或能动性是话语和社会文本的结果。在这个意义上，主体必然是自我异化的。

　　巴巴重点讨论了"文化"的概念。他认为文化并不像我们所以为的那样是本质的或天然的；相反，文化的本质性是在文学文本、剧院、教室、博物馆中被"表演"（Performed）出来的，且能够被其受众所"习得"（Learnt）。在这个意义上，"文化"只是表征性的"符号"而已。将"文化"彻底"文本"化，当然是后结构主义得心应手的把戏。不过，这一转换蕴含了革命的潜力。因为，如果文化是一种被创造和表演出来的东西，那么它也很容易被复制、模仿和挪用——毕竟我们有在书写材料上乱涂乱抹、"画道道"的权利——从而破坏其假设的统一性。举个例子，南非小说家库切（J. M. Coetzee）的小说《福》描写了一个 18 世纪的女人苏珊·巴顿（其原型来自丹尼尔·笛福的小说《罗克珊娜》）试图教沉默的土著人"星期五"（原型来自笛福的《鲁滨孙漂流记》）读写英语，而"星期五"在用来教学的岩板上画了一个无人能理解的图案，又将之擦掉，拒绝了殖民者对他的教育。

　　只有在认识到符号或"表征"对后殖民理论的重要性的基础上，才能正确理解巴巴著名的"杂合性"（Hybridity）概念。这个词绝不是指几种"独立""完整"的文化传统（如中国文化和日本文化）的混杂现象，而是表述一个事实：所有的文化都是一个斗争的舞台，在这个舞台上，所有试图建立文化完整性的意义化的叙事行为，都会被作为"替补"

的"他者"策略性地挪用和改写，使原本意图清晰的文本无法达成其目标，变得漫漶、模糊，并且变成一种完全脱离既定轨道的全新文本。巴巴进一步完善和发展了德里达的文本理论，他不仅关注文本内部被说出和没被说出的话之间的"差异"关系，而且特别注意文本的意义是如何受到表达场所和语境——尤其是那些和殖民主义的特殊条件相关的——影响的。这方面，他借鉴了福柯的"可重复的物质性"（Repeatable Materiality）理论。在这一理论中，某个机制中的陈述会被转写到另一个机制中，而陈述的使用条件和投入条件的任何改变、经验的变化，以及对待解决的问题有任何理解上的偏差，都会导致新的陈述出现。巴巴举了一个例子：19世纪英国传教士达弗（Alexander Duff）向印度教民传播基督教中的"重生"概念时，那些人先是把它理解成万物在东方轮回系统中不断转世；在经过解释后，他们又把这个概念与婆罗门的后代必须不断经过各种洁净仪式才能成为真正的婆罗门的传统结合起来。① 可以看到，在殖民地具体经验的"物质性"中，被复述的东西不是对宗主国文化的简单"重复"，而成了一种"差异"的形式，"延搁"（Defer）了主导叙事的"在场"；或者说，让殖民话语的"本

---

① Homi K. Bhabha, *The Location of Culture*, Routledge, 1994, p.101.

原"产生了危险的"不在场"。这一过程可被称为"杂合化"
（Hybridization）。

为了从被殖民者的角度探讨后殖民语境中主体的"杂合
性"问题，巴巴提出了"模仿"（Mimicry）的概念。这个概
念来自拉康的精神模仿理论，指的是在心理上将自己改装成
其他人以获得保护的策略，拉康将这一策略与昆虫的生物性
防御（例如带有马蜂色彩的飞蛾）进行类比。对巴巴来说，
这种防御术"与人类战争中的伪装技术如出一辙"，是后殖
民主体精神结构中的一个"间性"的模糊地带。殖民话语
试图将被殖民者限定在其规定的"主体"或"臣属"（这两
个词在英语中都是"subject"）位置上，前者要求被殖民者
"西化"，后者要求被殖民者对自己被奴役的处境安之若素。
但后殖民主体精神结构的高度不稳定性使这种固定意义的企
图落了空。实际上，后殖民主体是分裂和"杂合"的，栖息
于多重身份之上，无法被轻易安置或整合。

在我看来，巴巴对后殖民主体在"模仿"过程中的精神
结构的分析最具启发性的并非《模仿与人》，而是他为法农
《黑皮肤，白面具》写的序言《纪念法农：自我、心理和殖
民状况》。他在这篇文章中指出，后殖民主体的精神分裂从
根本上来说缘于"身份"是被"表征"出来的这一事实。他
说："认同的问题从来就不是对预先给予的身份的证实，从来
就不是本身自然会实现的预言——它总是一种身份'意象'

的生产，是对扮演的那个意象的主体的改造。"①这个"意象"
绝不是某种已存在的客观现实的"呈现"（Appearance），毋
宁说它只是主导性权威符号的一种"重复"或者说是其"附
属品"（Appurtenance）。也是在这个意义上，后殖民主体的
"身份"仅仅是对宗主国身份的"模仿"。但"模仿"不可能
做到和"本原"一样（否则它自己就成了"本原"），而且
高高在上的"本原"也不会真的接受它。所以这个"意象"
随时都处在矛盾的感情之中，"它在空间上的表征总是分裂
的——它使缺场的东西在场——并暂时延异——它是一种总
是在别处的时间的再现，一种重复"②。在这种矛盾或分裂
的情感之中，"身份"变成了向着虚拟"意象"靠近的问题
化过程，始终受到"不在场"之物的困扰，无法形成确定
性。法农的著作精准地描述了后殖民主体的这一状况：白人
用自己话语制造出西化的黑人，宣称他是"自己人"；但当
他走在大街上时又会被惊恐的儿童指认为"野蛮人"，这一
指认唤起了他关于自己的"身体""种族"和"历史"的多
重意象。③于是，"自己人"的"表征"和"野蛮人"的"表

---

① 霍米·巴巴：《纪念法农：自我、心理和殖民状况》，陈永国译，《外国文学》
1999年第1期，第74页。
② 霍米·巴巴：《纪念法农：自我、心理和殖民状况》，陈永国译，《外国文学》
1999年第1期，第74页。
③ Frantz Fanon, *Black Skin, White Masks*, Charles Lam Markmann, trans., Pluto Press, 1986, p.112.

征"交织、重叠在一起，造成了无穷无尽的分裂或"分延"。所以，后殖民主体的"模仿"既不是成为主人也不是成为自我，而是处在两者的关系之中，或者说在"间性"之中。

第六节 ∙
表征"属下" ∙∙

与巴巴在符号和语言层面观察后殖民语境中主体的精神结构不同，斯皮瓦克更为关注西方"知识"（Episteme）表征对被殖民者的适用性。在后殖民理论研究者中，斯皮瓦克是一个少见的能反躬自省的人，她意识到，"理论"虽然强大，但本身就是一种含有"暴力"的表征形式。所以，她的根本问题是：学术的角色是什么？"属下"（Subaltern）的知识欲望是否能形成有效的解放空间？

首先要解释一下斯皮瓦克的"属下"概念，这一术语由葛兰西最先提出，指的是帝国主义体制中那些被从社会经济机构中排斥出去的特定人群。从后结构主义的理论设定出发，斯皮瓦克赋予了这个词新的意义。她认为，后殖民状况不是简单的"殖民化—非殖民化"的二项对立——实际上，那些底层的、失去权益的人群不仅遭受殖民主义秩序的盘剥，同样也受到民族主义秩序的压迫。所谓"属下"，就是不能创造秩序，只能成为各种秩序作用的对象，被其定义和"表征"的人。因此，"属下"身处的后殖民空间是从帝国话语和民族话语中被排斥或置换出来的空间。在一个结构化、等级化的社会秩序中，"属下"无法建构自己的"主体"，他依附于主导话语，又保有无法被穿透的异质性，他不得不被更高等级的人"表征"，他是沉默和难以沟通的。简言之，在他那里只有"差异"而没有确定性。

如果把"属下"放在西方知识体系的内部进行理解的话，就会注意到，在启蒙现代性的话语中，对自我成为"主体"的资格做了严格的限定。斯皮瓦克通过对康德"文化"（Kultur）观的解读来阐明"属下"和"主体"的距离。对康德来说，主体必须基于审美判断，因为"知识"在偶然性的自然现象之中找到"合规律性"，但一个有审美判断的人能在"合规律性"之外发现"合目的性"，即自然万物之间不仅有机械的联系，而且含有一层有目的的、理智的设计，有一种"崇高"在里面。我们发现自然是如此和谐美好，宛如一个创造者手上的杰作。这样，人在自然中看见了自身的"目的"。在斯皮瓦克看来，这一通向"目的"的审美判断能力，是"最终人性的设计计划"的一部分，只能靠"文化"来实现——"如果你生来与文化格格不入，那么你的判断力就会在自然中程式化，这时就需要文化"[1]。那些对于有

---

[1]　Gayatri Chakravorty Spivak, *A Critique of Postcolonial Reason: Toward a History of the Vanishing Present*, Harvard University Press, 1999, p.12.

"文化"的人来说是"崇高"的东西在"粗人"（Dem Rohen Menschen）看来只觉得恐怖。"粗人"就是"原始人"（Man in the Raw），他们"没有道德观念的发展"，"没有或尚未具备一个主体，这一主体的基质或程序包括对道德的感受结构。他们还不是被三大批判所区分和透视的主体。换言之，他们还不是或根本不是主体本身，不是批判的主人公，不是自然但理性的存在这一概念的唯一例证。主体本身与非主体之间的差距可以在有利的条件下通过文化来弥合"。[①] 这表明，"文化"是把握西方主体的关键。"文化"包含了自我设计和自我规划，否则"目的"不可能在自然中见到，鉴于"原始人"/"属下"没有"文化"，他们不可能成为真正的人。换句话说，在康德的论述中，"属下"只有能动性地提出（审美）要求和进行判断，才具备成为"主体"的能力；如果"属下"提不出要求，做不了判断，他就无法"说话"，也就无法参与人类文化。

斯皮瓦克批判了康德式主体的本质化、中心化倾向，然而，她想要"属下""说话"的愿望仍然基于一个非常西方的"主动言说者"的概念——只有"言说"，才能带来"行动"。当然，作为德里达的译者和拥趸，斯皮瓦克所说

---

① Gayatri Chakravorty Spivak, *A Critique of Postcolonial Reason: Toward a History of the Vanishing Present*, Harvard University Press, 1999, p.14.

的"属下"的"自我"肯定是"去中心化"（Decentered）的"（非）主体"，或者说是西方主体"在场"之下的"不在场"。而后殖民批评家要做的是，寻找被主导性"符号"（Sign）秩序暂时遮蔽的他者的"痕迹"。但这同时也意味着，这一德里达式的"（非）主体"必须依附于康德式的"主体"才能存在，对殖民地"属下"的理解仍然依赖于西方的文化和行动。这固然不平等，却是我们每天面对的文化—社会现实。在这个意义上，不可能想象一种脱离主导性符号秩序的"属下"的"真实"发声，而是要考察西方知识对"属下"的"表征"，并从内部对其解构。

在斯皮瓦克著名的《属下能说话吗?》一文中，她通过分析马克思《路易·波拿巴的雾月十八》中对法国农民的一句断语"他们无法表述自己；他们必须被别人表述"展开了对"表征"概念本身的考察。她指出，在德语中，有两个词都可以翻译为"表征"：（1）"vertreten"，意思类似于"站在某人的位置上"，主要指的是政治上的代言；（2）"darstellan"，主要是"再现"的意思，可以理解为对对象的描述或绘图。斯皮瓦克认为，这两种"表征"虽有关联，但并不一致。但如果混为一谈，就不仅会让"属下"沉默，而且会被认为只是在客观地描述对象。斯皮瓦克详细地考察了围绕着印度教寡妇的"殉夫"（Sati）行为展开的各个方面的解释与行为。在男性印度民族主义者看来，这是一种自愿献身、自我牺牲的女性身上体现的"纯洁、力量和爱"；而在英国殖民者看来，这只是一种罪行，废除殉夫习俗是从"褐色男人那里拯救褐色女人"[①]。这两种话语都认为自己在描绘印度教寡妇"真实的样子或愿望"，实际上是在政治上代言了"她"。于是，印度教寡妇"陷入了'仁慈的'殖民干预和民族解放斗争的夹缝中，两者都为她（'属下'）构建了自己的意愿"[②]。在这种情况下，"她"无法说话。

后殖民批评家伊兰·卡普尔（Ilan Kapoor）举了一个在印度农村开展的"参与式乡村评估"（Participatory Rural Appraisal，PRA）的减贫计划的例子来说明。很多时候"专家"一厢情愿地认为自己在给予"属下"发声的渠道，但实际上仍在代言他们。这一计划的目标是通过倾听当地居民对自己生活条件的认识来制定、改善方案。卡普尔认为，计划虽然试图让权力最小化，但忽略了"每一种知识框架（包括减贫审查）都会产生权力关系"。她说：

所谓"参与性空间"仍是一个"全景空间"：即使作为属下的参与者发言，他们（和其他人一

---

① Gayatri Chakravorty Spivak, "Can the Subaltern Speak?", in P. Williams and L. Chrisman, eds., *Colonial Discourse and Post-Colonial Theory*, Columbia University Press, 1994, p. 92.

② Jill Didur, Teresa Heffernan, "Revisiting the Subaltern in the New Empire", *Cultural Studies*, 2003, Vol. 17, Iss. 1, p.3.

样）也可能扮演他们认为自己应该扮演的角色（即
社区、主持人、资助机构所期待的角色）。他们可
能会在受到压力时修改自己的发言，或以夸大的赞
美之词取悦资助者。①

这种自上而下强令"属下"说话的行为，反而凸显了
"属下"的悲惨地位。制订"参与式乡村评估"计划的发展
组织理想化地认定，只要直接呈现"属下"的言语和倾听多
种叙事，就可以得到纯洁无垢的"属下"声音。但它忽略了
问题的关键在于："谁编辑了这些故事？如何呈现这些故事？
为谁以及出于什么目的编造这些故事？"②

当西方知识在"表征属下"时，它会误以为自己仅仅在
描绘，而意识不到其中的政治动机。在斯皮瓦克眼中，不仅
帝国主义话语和本土民族主义话语有这个问题，连一些被公
认为重视"他者"和"异质性"的"激进"思想家——如福
柯、德勒兹（G. L. R. Deleuze）和朱莉亚·克里斯蒂娃（Julia
Kristeva）——也有这个问题："左派知识分子所列举的具有
自知能力，且在政治上狡黠精明的'属下'使他们的平庸性

---

① Ilan Kapoor, "Hyper-Self-Reflexive Development? Spivak on Representing the Third World 'Other'", *Third World Quarterly*, 2004, Vol. 25, No. 4, p.636.
② Ilan Kapoor, "Hyper-Self-Reflexive Development? Spivak on Representing the Third World 'Other'", *Third World Quarterly*, 2004, Vol. 25, No. 4, p.637.

暴露无遗；知识分子表征他们，却把自己当成透明的"。斯皮瓦克特别对克里斯蒂娃的著作《中国妇女》提出了质疑。这本书梳理了中国从古至今的各类典籍和文本中的"女性压抑"形象（从女娲、班昭、鱼玄机到秋瑾），以及女性"无时间的时间"对男性象征秩序的打破。然而，克里斯蒂娃将中国古代和现代的女性形象轻易地融合在一起，完全无视历史条件的巨大差异，而且将现代中国视为古代牧歌式中国的降格形式。在斯皮瓦克看来，克里斯蒂娃对中国女性本身并不感兴趣，而只是为西方女性主义的政治议程——一个非父权制的女性主义乌托邦——进行论证。

因此，知识的主体必须有高度的自省意识。德里达认为，书写的主体是各种欲望、利益、话语、文化、制度和地缘政治之间相互作用的产物，这个舞台上找不到古典主体的那种纯粹性。在斯皮瓦克看来，如果"我们"想表征处于"那边"的"属下"，就要先审视位于"这边"的知识主体，"我们"需要承认自己与权力结构的共谋性。所以，"一个人真正能解构的东西，是他深陷其中的东西：它说你，你说它"①。永远无法从"外部"进行表征或行动，而只能在"野兽"（Beast）的腹中开展工作。她说："让我们对自己的实践

---

① Gayatri Chakravorty Spivak, Sarah Harasym, *The Post-Colonial Critic: Interviews, Strategies, Dialogues*, Routledge, 1990, p.135.

保持警惕，尽可能地利用它（权力结构），而不是去否定它，

因为这样做只能适得其反。"①

① Gayatri Chakravorty Spivak, Sarah Harasym, *The Post-Colonial Critic: Interviews, Strategies, Dialogues*, Routledge, 1990, p.11.

第七节 •
东方学与"知识"问题 •

　　最后，我们回到后殖民批评的起点，那就是萨义德不朽的著作《东方学》。后殖民主义领域讨论的诸多问题，不管是直接还是间接的，多半是从它里面引申出来的。就像斯皮瓦克赞美的那样，《东方学》是"我们学科的起源之书"。该书的出版为学界提供了对殖民主义和帝国主义进行文学—历史分析的更丰富的词汇和典范性的批判模式。不妨说，正是萨义德为后殖民批评设定了基本的参数。

　　萨义德将东方学视为一种"知识"或"知识氛围"（Intellectual Atmosphere）。他说，东方学是"处理东方的集体性制度——通过对它的陈述，授权对它的看法，描述它、教导它、解决它、统治它，以此来对其进行处理：总之，东方学是一种支配、重组和凌驾于东方之上的西方风格"。他还说：

　　　　东方学具有如此权威性的地位，以至于我相信没有人在书写、思考或对东方采取行动时可以不考虑东方学对这些思想和行动所施加的限制……这并不是说东方学单方面决定了那些谈及东方的内容，而是说只要在任何场合提及"东方"这一特殊实体，就不可避免地涉及（并因此总是参与）整个利益关系网络。[①]

正因为如此，我们认识到，欧洲中心主义是无法轻言颠覆的，因为它如此深入、隐蔽地植于西方，扎根于现代思想、学术、知识生产和学科的结构中，对所有与"东方"有关的学术成果起决定性作用。萨义德一直强调需要对学科的历史进行批判性考察，因为这一历史既证明了我们理解模式的开放，也证明了我们理解模式的封闭。他认为："为了明确一个领域中真正知识的可能性，我们不仅要明确这种知识是什么或可能是什么，还要明确它可能被铭写在什么地方……它与之后的东西会有什么关系（它会促进进一步的发现，还是抑制进一步的发现？是封闭这个领域，还是创造出新的领域？），如何传播或保存知识，或如何教授知识，各机构如何接受或拒绝该知识。"[②] 这里的关键点是萨义德对"真正的"（Genuine）知识与"非真正的"知识的区分。也就是说，通

---

① Edward W. Said, *Orientalism*, Random House, 1979, p.3.

② Edward W. Said, *The World, the Text, and the Critic*, Harvard University Press, 1983, pp.181-182.

过"铭写"（Inscription），一种原本基于"解释"性的知识被知识的"制度"所同化，这彰显了知识的内在价值和其在社会—历史语境中传播时被本质化的命运之间的紧张关系。因此，"东方学"知识——尽管其中包含了大量的真知灼见——最后不得不服从于政治需求和文化制度。在这个学科身上，我们见证了"从学术性态度到工具性态度的重大转变"①。正是由于学术的制度化，那些更独立或更具怀疑精神的思想家对东方问题的不同看法往往受到了抑制或忽视。

那么，关于东方的知识和东方"本身"的关系又是什么呢？这方面，虽然萨义德会承认"如果得出结论说东方本质上是一种理念，或者是一种没有相应现实的创造，那是错误的……过去和现在都有位于东方的文化和民族，他们的生活、历史和风俗都有着坚固的现实，显然比西方言及它们的要多得多"②，然而，他强调自己"没有兴趣，更没有能力去解释真正的东方和伊斯兰究竟是什么样子"③，或者说，与其关注东方学与所谓"真实"东方之间的对应关系，他更关注东方学作为"欧洲和大西洋势力控制东方的符号"的作用。④ 在《东方学》的另一个地方，萨义德更明确地指出："我的论点是，如果不把东方学作为一种话语来研究，就不

---

① Edward W. Said, *Orientalism*, Random House, 1979, p.246.
② Edward W. Said, *Orientalism*, Random House, 1979, p.5.
③ Edward W. Said, *Orientalism*, Random House, 1979, p.331.
④ Edward W. Said, *Orientalism*, Random House, 1979, p.6.

可能理解欧洲文化得以管理——甚至生产——东方的巨大的系统性规则。"[1]

　　这一表述很大程度上基于福柯的话语概念和对权力—知识关系的论述。与将"语言"视为透明的"媒介"或表达思想的"工具"的一般看法不同，在福柯那里，语言本身包含了知识的意欲和权力的扩张。换言之，语言不是纯粹的表意工具，而是一个生产知识和意义的具有历史偶然性的社会系统（Historically Contingent Social System），它在这个意义上被称为"话语"。不妨说，"话语"体现的语言活动具有强烈的物质性、社会性，是知识和权力的聚合体：（1）话语是由社会秩序中的权力关系产生的，这种权力制定了特定的规则和范畴，它们界定了话语秩序中知识和真理的合法化标准；（2）话语是一种组织知识的方式，它通过将话语逻辑中心化、权威化，以及将话语作为"真理"和"事实"让人接受，构建了一种本质化的社会和全球关系结构；（3）通过在社会中不断地推广和重复，话语规则将语句或文本的意义固定下来，使之有利于作为它存在基础的政治结构。正是通过这种方式，话语将自己打扮得更加历史、普遍和客观，掩盖了它建构和生产知识和意义的"权力"。

　　福柯的话语理论至少在两个方面深刻地影响了《东方

---

[1]　Edward W. Said, *Orientalism*, Random House, 1979, p.3.

学》。首先，"知识的主体"同时被确立为"权力的主体"。一方面，权力不再仅是自上而下的压制甚至制裁力量，而是通过多种渠道在多种场合"微观"性地运作，这就会和各种专门知识产生结合，获取相关的知识建议；另一方面，知识也借助权力获得自身的合法性和权威性，将对象按照自己构想的图式进行"塑造"。其次，话语构建其自身的知识对象。福柯说："（话语）生产现实；生产对象的领域和真理的仪式。"[①] 正是在福柯的启发下，萨义德提出，所有对"他者"或边缘群体的文化表征模式，都或多或少地与权力的运作密切相关。殖民地和宗主国的知识之所以不可能对等，是因为它们的权力关系就是不平等的；反之，知识的不对等又加剧了权力上的等级秩序。同时，萨义德认为，"东方"是东方学话语的后果。根本就没有外在于话语的东方"本身"，或者按福柯的话来说"不可幻想世界给我们一张清晰的面孔，而我们所需做的只是破解辨认而已；世界不是我们知识的同谋；根本就没有先于话语存在的造物主按我们所愿安排这个世界"[②]。我们当然要批判作为知识的东方学的本质化和中心主义倾向，但那不是为了恢复所谓被遮蔽的东方本

[①] Michel Foucault, *Discipline and Punish: The Birth of the Prison*, Alan Sheridan, trans., Penguin, 1979, p. 194.

[②] 米歇尔·福柯：《话语的秩序》，载许宝强、袁伟编：《语言与翻译的政治》，中央编译出版社 2001 年版，第 21 页。

真"世界"，而是为了建构另一种更具有自省力的，能破除
"东—西""南—北"这样不平等的权力关系的"全人类"的
"知识"。

第八节
作为文化社会学的东方学

尽管如此，我们也不能高估福柯对萨义德的影响。在方法论层面，他们之间有很大差别。福柯关心的是知识本身的话语性质，他的考察集中于作为话语关联总体的"知识型"的构成与转换。当然，《东方学》中也有大量对"知识型"的思考，如萨义德所说，他研究的方法是分析"文本之间关系"，以及分析"在文本组、文本类型，甚至文本流派之中以及之后在整个文化中获得质量、密度和指涉力量的方式"[1]。这一点上，这部著作无疑是福柯式的。但对沉浸于结构主义传统中的福柯而言，首要的问题是权力的语言化、符号化，文本问题是突出且统摄一切的。他优雅、复杂的分析方式仍着力于揭示"表征"或"陈述"中的话语秩序。在萨义德这里，"表征"固然也是一个核心问题，通过对大量西方文本的研读，他指出了东方学"表征"的三个方面：（1）东方学是自古典时代以来西方话语中流传的关于东

---

[1]　Edward W. Said, *Orientalism*, Random House, 1979, p.20.

方和东方民族的基本表征；（2）呈现和构思这些表征的修辞"风格"；（3）提炼、评论和传播表征的学术体系和文化机构。但即便如此，萨义德也绝不是一个文本中心主义者，他强调的是东方学"知识"与"原本"（Raw）的政治权力并不是直接对应，而是在与各种权力的"不对等"交换中产生和存在的，包括政治权力（殖民或帝国机构）、知识权力（比较语言学或解剖学等）、文化权力（关于品位、文本、价值观的传统与规范）、道德权力（关于"我们"做什么和"他们"不能做什么或理解什么的观念）。[①] 可以看出，比起福柯等人在方法论上的符号学特质，萨义德更倾向于以一种"文化社会学"（Sociology of Culture），描绘彰显于文本中的社会关系和矛盾。他毫不掩饰地将政治批评与文化和思想史批评相结合，在这一点上，他趋近德国的法兰克福学派的批评方法。例如，霍克海默（Max Horkheimer）和阿多诺的《启蒙辩证法》，就讨论了权力与知识体系的纠葛：

　　知识即权力，无论是对造物的奴役，还是对世俗主宰的顺从，知识都是无止境的。正如它在工厂和战场上服务于资产阶级经济的所有目的一样，它也为企业家所支配，而不论其出身如何。国王对技

---

① Edward W. Said, *Orientalism*, Random House, 1979, p.12.

术的控制并不比商人对技术的控制更直接：它和它发展出的经济体制一样民主。技术是这种知识的精髓。它的目的既不是生产概念，也不是生产图像，更不是生产理解的快乐，而是生产方法，生产对他人劳动的剥削，生产资本。[①]

与巴巴、斯皮瓦克等后结构（殖民）主义者致力于发现文本中说出来的东西（在场）和未说出的东西（不在场）的关系不同，萨义德清晰、明确地阐释了各种权力在文化中的呈现和映射，而不是将精力放在揭示文本这一表征"媒介"的复杂性上。这样，他偏离了结构—后结构主义的预定路线，而和马克思主义的历史唯物主义方法产生了共鸣。萨义德借鉴了意大利马克思主义者葛兰西的"文化霸权"（Cultural Hegemony）理论。在葛兰西看来，政治权力（强制性的）往往并不直接发挥作用，而是在"公民社会"（非强制性的）领域通过教育和文化实践等渠道获取社会中的"属下"阶层"自由"同意的方式起作用——这是权力在公共领域获得"自然"承认的方式。这样一来，尽管东方学的表征是一种"虚构"，但随着文化浸润的潜移默化，东方学被主体内化，

---

① Max Horkheimer, Theodor W. Adorno, *Dialectic of Enlightenment: Philosophical Fragments*, Edmund Jephcott, trans., Stanford University Press, 2002, p.2.

形成了阿多诺所说的"第二自然"（Second Nature）。萨义德认为："正是霸权，或者说是文化霸权发挥作用的结果，赋予了我迄今为止所说的东方学的持久性和力量。"[1]

在福柯那里，权力是"非人化"的，在某种意义上是一个匿名的关系网络。比如说，政府机构只是权力的施动者（Agent），而不是权力的作者（Author）。当然，在这一表述中我们可以看出明确的结构—后结构主义规划，那些人文主义的核心概念——主体、意识和意图——都被无形的、集体的语言规则或话语秩序所取代。当我们考察一种话语类型时，实则考察的是产生这一话语的可能原因和规则，以及语言和其所处的特定时代在社会、经济等各方面的关系。一旦时过境迁，语言和物质性东西的关系发生变化，话语类型也就随之变化。从这个意义上来说，所谓个人的"思想"或"精神"都只是那个时代所汇集的知识、文化"档案"（Archives）形成的"规则"制约下的一个功能性案例而已，没有什么独一无二的精神内曜，更不会形成超越性、连续性的精神链条。然而，萨义德却是我们这个时代不多见的人文主义者，对他来说，"东方学"，不管它在多大程度上受到统治权力及其规范性"档案"的制约，本质上都是人的努力，人的创造——也就是说，人是历史的"作者"。他所要做的，

---

[1] Edward W. Said, *Orientalism*, Random House, 1979, p.7.

是把军事—政治行为和思想—文化行为这两种"主体性"的历史实践连接起来。他说：

> 正如维柯教导我们的那样，这一切的核心是，人的历史是由人创造的。既然围绕领土控制权的斗争是历史的一部分，那么围绕历史和社会意义的斗争同样是历史的一部分。具有批判性的学者的任务不是将一场斗争与另一场区分开来，而是将它们联系起来，尽管前者具有压倒一切的物质性，而后者显然具有超凡脱俗的高雅性。[①]

萨义德钦佩奥尔巴赫在《模仿论：西方文学中现实的再现》中所做的努力，即在西方文化还具有完整性和连贯性的"最后时刻"，对其在"世界—历史进程"（The World-historical Process）中的表征形式进行综合性的探究。"人创造的历史"的这两个方面——帝国的政治扩张和文化的表征——意味着萨义德坚信政治和文化之间的辩证关系。

对萨义德来说，欧洲的知识／权力向非欧洲世界的扩张并不是完全非人的或匿名的，而是一个包含了意识和目的的过程，或者说西方关于东方的论述最终都是由对东方领土和

---

① Edward W. Said, *Orientalism*, Random House, 1979, p.331.

人民的统治意志所决定的。他说:"它(东方学)本身就是一种意志或意图(Will or Intention),而不是对这一意志或意图的表达,即理解——在某些情况下控制、操纵,甚至吸纳——一个完全不同(或另类、新奇)的世界。"[1] 在这里,我们不能忽视"人"的因素。东方学的这一"意志或意图"被扩大为一种黑格尔式的总体化和目的论的框架,而远离了福柯。尤其是在著作的最后一章,当萨义德谈到东方学的各种规划的齐头并进——从冒险、修铁路、建立地理学会到语言学专业知识——之时,他强调了主观意图和客观现实的辩证结合,或者说东方学怎样由"知识"激发"行动",而"行动"又让现实充满了"意图"。他说:

> 这个规划中出现了一种新的辩证法。对东方学家的要求不再是简单的"理解":现在必须让东方表演,必须让东方的力量站在"我们"的价值观、文明、利益和目标一边。关于东方的知识被直接转化为行动,结果是在东方产生了新的思想和行动的趋势……东方学家现在已成为东方历史的一个形象,与其无法分割,成为东方历史的塑造者。[2]

---

[1] Edward W. Said, *Orientalism*, Random House, 1979, p.12.
[2] Edward W. Said, *Orientalism*, Random House, 1979, p.238.

虽然这种"意志或意图"看上去产生了相当负面的后果，但恰恰因为这一后果是由人的主体性导致的，它才是可能改变的"历史经验"。这就不难理解为何萨义德会强调在东方学话语"看似匿名"的集体文本中，作家个体会留下"决定性的印记"。[①] 在《东方学》的最后，他寄希望于学者清楚自己作为"人"和"知识分子"的价值，从"知识的堕落"中拯救自己，并致力于提高"人类群体的知识和自由"。[②] 对萨义德来说，人文主义绝不是一个过时的词语，相反，人的创造力所犯下的错误，也只有靠我们的"意图"和能动性才能纠正。

研讨专题

1. 后殖民话语批评了西方的霸权，但自身在西方人文科学知识的内部产生，如何理解这一悖论？

2. 后殖民批评和后结构主义的关系是什么？

3. 为什么说后殖民批评的根本问题是表征问题？

4. 关于东方的知识和东方"本身"的关系是什么？

5. 为什么萨义德认为欧洲的知识/权力的扩张是一个包含了意图的行为？

---

① Edward W. Said, *Orientalism*, Random House, 1979, p.23.
② Edward W. Said, *Orientalism*, Random House, 1979, p.327.

拓展研读

1. 巴特·穆尔－吉尔伯特等编：《后殖民批评》，杨乃乔、毛荣运、刘须明译，北京大学出版社 2001 年版。

2. 弗朗兹·法农：《黑皮肤，白面具》，万冰译，译林出版社 2022 年版。

3. 爱德华·萨义德：《东方学（第 3 版）》，王宇根译，生活·读书·新知三联书店 2019 年版。

4. 爱德华·萨义德：《文化与帝国主义（第 2 版）》，李琨译，生活·读书·新知三联书店 2016 年版。

5. 佳亚特里·斯皮瓦克著，陈永国、赖立里、郭英剑主编：《从解构到全球化批判：斯皮瓦克读本》，北京大学出版社 2007 年版。

6. Homi K. Bhabha, *The Location of Culture*, Routledge, 1994.